KB059193

일꾼의
말

나다운
방식으로
일하고
먹고살고

일꾼의 말

강지연
×
이지현

시공사

이 책의 41번째 일꾼에게

개정판 서문

책을 출간한 후 3년 넘는 세월이 흘렀다. 그리고 그동안 많은 사람들이 사랑하는 글로벌 기업과 새로운 서비스를 만드는 프로젝트에 매달렸다. 글로벌 기업에 서비스를 함께 만들자고 설득하는 데 1년, 서비스를 만드는 데 1년, 서비스가 문을 닫는 데 1년이 걸렸다. 처음 1년은 불안과 집착이 반복되었고, 다음 1년은 설렘과 성취감에 취해 있었다. 그리고 마지막 1년은 분열과 허무에 시달렸다. 3년여 전 '기분 좋은 온도를 유지하겠다'는 작가의 말에 담긴 바람은 잊혔고, 내내 뜨겁고 차가웠다. 너무 뜨거운 나머지 출근할 때 쓰고 온 가면을 벗어던지기도 했고, 너무 차가워서 벽을 쌓아 동굴에 들어가기도 했다. 고백하건대 애초에 적당한 온도를 유지한다는 게 불가능한 일이 아니었을까.

일꾼들은 꿈을 꾼다. 더 나은 곳으로의 이직이나

승진을 꿈꾼다. 경험치를 쌓아 회사 안팎에서 자신만의 브랜드를 키우고 싶어 하는 일꾼도 있다. 이런 눈에 보이는 꿈이 아니더라도 험담을 피하거나 힘든 일을 맡는 등 여러 노력으로 더 나은 일꾼이 되기를 희망한다. 그렇게 이 길 뒤편에 기다리고 있을 또 다른 자신을 후회 없이 맞이하기 위해 일꾼들은 꿈을 꾸며 하루하루를 채워나간다. 과거의 우리가 '장래 희망'이라는 이름의 꿈을 꾸며 자라온 것처럼.

*

꿈과 희망이라는 뜨끈함을 품고 사는 일꾼들이 곧잘 뜨거워지고, 뜨거워진 만큼 밖의 공기가 차가워지는 건 어쩌면 당연한 이야기인 듯하다. 그래서 꿈을 품은 일꾼들의 일사이트는 결국 기분 좋은 온도를 찾는 방법이 아닐까. 우리가 만난 일꾼들은 그 방법을 알고 있었다. 알바생의 마음을 갖고(일꾼 1), 일과 나 사이의 적당한 거리감을 찾고(일꾼 3), 달콤한 인정 욕구에 현혹되지 않는 태도로(일꾼 11) 기분 좋은 온도를 찾았다. 그리고 모두가 나를 좋아할 수는 없다는 당연한 사실을 인정하고(일꾼 19) 자신만의 감정 쓰레기통을 만들어서(일꾼 21) 뜨거운 온도를 낮추었다. '일을 잘하는 것보다 훨씬 중요한 건 일단 하는 것'이라는 마인드(일꾼 29)와 잘 쉬는 연습(일꾼 40)으로 차가운 공기를 데우고 다시 시작하는 방법을 찾기도 했다. 돌이켜보면 13년째 반복되는 뜨겁고 차가운 굴레에서 틈틈이 기분 좋은 온도를 찾을 수 있었던 건 이런 주변의 일꾼들 덕분이었다. 우리는 그들의 일사이트가 담긴 응원과 위로에서 일꾼 생활을 이어올 수 있는 힘을 얻었다.

*

집착과 불안, 절망과 짜증, 불쾌와 우울. 이 뜨겁고 차가운 단어들을 빼고 일꾼 생활을 이야기할 수 있을까. 때때로 착각하기도 했다. 이 단어들을 마주하게 하는 원인은 주변 일꾼들이라고. 하지만 '나의 모든 말과 행동은 상식적'이라는 근거 없는 믿음과 감정의 자가발전이 발단을 절정으로 만든 수많은 사례들을 떠올려보면 원인의 대부분은 나 자신이었다. 어쩌면 일꾼 생활에서 가장 모진 존재는 나 자신이다. 독자들이 스스로에게 모질어질 때 《일꾼의 말》이 기분 좋은 온도를 선물해줄 수 있는 41번째 일꾼이 되기를 희망한다. 앞서 만난 40명의 일꾼이 우리에게 그랬던 것처럼. 꿈을 꾸는 일꾼들이 뜨겁고 차가운 굴레에서 조금 더 자주 기분 좋은 온도를 맞이할 수 있기를 진심으로 바란다.

2024년 1월

강지연·이지현

작가의 말

오랜 친구이기도 한 우리는 눈물의 역사를 함께했다. 수능을 치른 직후에는 "망했다. 너 재수할 거냐"라며 새벽 내내 전화기를 잡고 울었다. 기자 지망생일 때는 "나 면접 망했다. 너는 어땠냐"라며 광화문 거리를 하염없이 걸었다. 나를 받아주는 회사가 있다면 그곳이 어디든 내 몸이 가루가 되도록 일하겠다는 마음으로 자기소개서를 썼다. 입사만 하면 내 인생은 꽃길일 거라고 여기던 시절이었다. 가까스로 둘 다 언론사에 입사한 뒤에는 주로 중간 지점인 충정로 스타벅스에서 만났다.

둘 중 하나는 울상이었다. 언젠가는 선배한테 '언니'라고 불렀다가 "너는 정신이 제대로 박힌 거야? 여기가 대학 동아리인 줄 알아?"라는 샤우팅을 듣고 온 쭈구리 한 명이 울고 있었다. 또 언젠가는 부장을 '부장님'이라 불렀다가 "아무한테나 '님'이라는 존칭을 붙이는 건 기자 정신이 부족한 겁니다. 당장 그만두세요"라는 말을 듣고 온 한 명이 멍하니 스타벅스 창문 밖을 바라보고 있었다.

우리는 주로 자책하며 헤어졌다. 초등학교 6년, 중고등학교 6년, 대학교 4년을 다니며 공부했는데 왜 단 한 번도 일꾼이 되는 법을 배우지 못했는지 궁금했다. 어디에서 배워야 하는지 알 수도 없었다.

그렇게 10년이 흘렀다. 최고급 허먼밀러 의자에 앉는 사장님은 물론이고 회원권 2000만 원짜리 스포츠센터에 다니는 고연봉자가 되지도 않았다. 10년 차 일꾼이지만 일에 능숙한 프로라고 하기에는 민망하다. 거친 숨소리와 그것을 지켜보는 누군가의 불안한 눈빛을 마주할 뿐이다. 그렇다고 아직 배워야 할 게 많은 주니어 일꾼이라고 하면 "이제는 알아야 한다"라는 핀잔이 돌아온다. 참 이상한 일꾼의 나이다.

그럼에도 자랑스럽게 말할 수 있는 것이 있다면 이제 우리는 조금 더 산뜻하게 일하는 일꾼이 되었다는 점이다. 넘어지고 깨지고 혼나고 시행착오를 겪으면서도 계속해서 좋아하는 일을 찾아왔다. 그리고 내 일을 더 소중하게 여기는 방법을 알게 되었다. 일을 대하는 내가 조금 더 편안해지는 길을 발견했다. 몇 년 몇 월 며칠까지라는 유통 기한이 정해져 있지 않은 일꾼의 삶이 그렇게 막막하게 느껴지지 않는다.

너무 회사에 잘 적응해서도 아니다. 꽃길을 걸었기 때문도 아니다. 뒤돌아 생각하니 일꾼의 삶을 이끌어준 8할은 주변 일꾼들이었다. 때마다 우리는 일꾼들의 말에서 다시 시작할 수 있는 힌트를 얻었다. 일과 나 사이에 거리를 두는 법, 일이 반가워지는 순간을 만드는 방법, 나를 지키면서 일을 사랑하는 노하우 등을 들었다.

베스트셀러나 강연에서 볼 수 있는 아주 특별한 일꾼들의 말도 아니었다. 스쳐 지나가듯 만난 일꾼에게서, 오래 본 직장 상사에게서, 이제 갓 회사에 들어온 신입 사원에게서, (예상치 못하게도) 함께 살고 있는 가족에게서 다시 시작할 수 있는 용기를 얻었다. 관성으로 일을 할 때, 누군가의 반짝이는 눈빛과 말 한마디는 나에게 자극을 주었다. 우리는 그것을 '일사이트'라 불렀다. 내가 잘나서가 아니라 주변 일꾼들의 그런 말들이 나를 지금 이 순간까지 오게 만들었다고 믿는다.

*

종종 누군가로부터 질문을 받는다. 당신 커리어의 다음 스텝은 무엇이냐고. 다음에는 어느 직장에 가고 싶냐고. 혹은 5년 뒤에는 어떤 위치에 있고 싶냐고. 내 대답은 늘 같았다. "딱히 계획은 없어요. 지금처럼 일하고 있으면 되는 거죠 뭐." 일꾼들의 해피엔딩이 고연봉이나 승진이라는 단어로 정리되기를 바라지는 않는다. 그저 토닥거리면서 일하다가 퇴근길 맥주 한 캔 따는 그런 그림이기를 원한다. 너무 뜨겁지도 않게, 너무 차갑지도 않게 기분 좋은 온도를 유지하면서.

꿈을 꾸는 일꾼들이

뜨겁고 차가운 굴레에서 조금 더 자주

기분 좋은 온도를 맞이할 수 있기를

차례

3부 기술에 관하여

이 책에 등장하는

40인의 일꾼들

1부

태도에 관하여

•

10년간 두 번의 이직을 했고,
현재 IT 업종에서 서비스 기획을 담당하고 있다.

“회사는 알바생의 마음으로 다녀야죠.”

일꾼 1의 말이다. 지금까지 내가 본 직장인의 책상 중 가장 ‘아무것도’ 없는 상태가 오래 유지되었던 일꾼. 회사 책상에 제2의 살림을 꾸리는 일꾼들은 많이 보았지만 이렇게 아무것도 없는 책상은 처음이었다. 일종의 회사 미니멀 라이프를 실천 중인가 싶었다. 있는 것이라고는 물컵, 슬리퍼, 업무에 필요한 노트북뿐. 다들 이 일꾼의 자리를 찾으러 왔다가 혼란을 느끼고 떠났다. “이분은 곧 퇴사하나요?” “이분 자리는 임시인가요?” “이분 조직 이동 하세요?”라는 질문이 꼭 따라왔다. 언젠가 일꾼 1에게 물었다.

"왜 이렇게 책상에 아무것도 없어요? 안 불편하세요?"

"회사는 알바생의 마음으로 다녀야죠." (아니… 알바생 책상도 안 그렇다고요….)

의외였다. 이 일꾼은 '알바생의 마음'으로 일하고 있다기에는 너무나 일잘러였으며 동료 평가도 좋았다. 일 욕심도 있어서 시키지 않은 일도 알아서 꾸려나갈 정도였다. 뭐지? 겸손의 말인가. 아니면 '나는 이런 마음으로 일하는데도 이 정도로 일을 잘하는데 너는 뭐 하니'라는 돌려까기인가. 조금 더 이야기를 들어보기로 했다.

일꾼 1은 두 번의 이직을 거쳐 이곳이 세 번째 직장이라고 했다. 세 곳의 회사를 다니면서 스스로 내린 결론은 '회사에 충성할 필요가 없다'는 것. 당시에는 이걸 하지 못하면 마치 세상이 멸망할 것처럼 싸우고 스트레스를 받아도 결국 제3자의 시선에서 보면 굳이 저럴 필요가 있나 싶을 정도로 아주 티끌 같은 일로 어마어마한 감정 소비를 하고 있었다는 사실을 깨닫게 되었다는 것이다.

일을 잘하는 것과는 별개로 스스로 그렇게 회사 생활을 하면 안 되겠다고 생각했다고. '내 일'에는 충실하되 언제든 회사를 떠날 수 있다는 마음으로 최선을 다하자고 결심했는데 생각해보니 그게 일종의 '알바생의 마음'이었던 것이다.

"그렇게 마음을 바꾸고 보니 내 일에 더 집중이 되더라고요. 이러쿵저러쿵 일과 상관없는 이야기가 더 많은 회사 안에서도 그런 기류에 휩쓸리지 않고요. 언제든 떠날 수 있다는 알바생의 입장에서 바라보니 모든 게 별일 아니었는데 그게 그렇게 마음이 편할 수가 없는 거죠. 일종의 자기 암시 효과도 있는 것 같고."

*

사실 우리 모두는 '정규직'이라는 탈을 쓴 임시직이 아니었던가. 그러고 보니 나도 꽤 이른 나이에 회사라는 곳이 생각보다 믿을 만한 곳이 아님을 깨달았다. 태어나 처음으로 사원증이라는 것을 목에 걸었던 회사에서 쫓겨나듯 퇴사한 게 스물일곱 살 때였으니까. 매우 번듯한 회사였고, 어쩌면 누구나 가기를 원하는 회사 중 하나였다. 하지만 신규 사업을 시작한다는 이유로 돈 안 되는 부서를 정리하기 시작했고 운이 없게도 그 부서의 막내가 나였다. 문득 생각한다. 그게 정말 '내가' 운이 없어서였을까. 내가 '운이' 없어서 생긴 일이었을까. 다행히도 그 일이 나에게는 꽤 긍정적인 작용을 했다.

회사에 대한 기대감이나 충성심을 품는 대신 나에 대한 자신감을 먼저 가졌다. 그 어떤 회사도 나를 지켜주지 않을 걸 알기에 언제든 떠날 준비를 했다. 그렇다고 회사 일을 허투루 한 건 아니다. 회사 안에서 내가 맡은 일은 곧 나의 포트폴리오였다. 최선을 다했다. 평가도 좋았다.

언제든 회사를 떠날 수 있다는 마음가짐은 묘하게 긍정적으로 흘렀다. 자신감의 원천이 되었고, 업무나 상사 앞에서 여유가 생겼다. 포트폴리오를 쌓는다는 마음으로 일하니 업무에 애정을 쏟게 되었다.

소중하고 귀한 '나의 일'이 되었다. 알바생의 마음이 뭐 어떤가. 앞으로 누가 직장인의 마음을 묻거든 당당하게 말해야지. "저는 알바생의 마음으로 회사를 다닙니다"라고.

일 꾼 2

•

여러 언론사를 거치며
교육 분야 전문 기자로 10년 넘게 일하고 있다.

“내가 하는 일을 가장 잘 아는 사람은 사장도 아니고, 부장도 아니고 나야.”

사회 초년생 시절, 나를 가장 괴롭혔던 건 수십 명의 ‘꼰대들’이었다. 분명 나는 내 일을 하고 있었을 뿐인데 “네가 걱정이 되어서”로 시작하는 이런저런 조언들이 나와 일을 뒤흔들어놓기 일쑤였다.

사회 초년생이다 보니 그 모든 조언들을 잘 포개어 내 일에 반영해야 한다고 생각했다. 그것이 내 일을 발전시키는 방향이고, 조언해주는 사람들에 대한 예의라 여겼다. 프로젝트에 이런 트렌드가 반영되어야 한다고 하면, 그 트렌드를 조사해서 키워드를 뽑아 반영했다. 이런 자료가 더 추가되어야 한다는 이야기를 들으면 부리나케 조사해 장표를 더 채워 넣었다.

안 그래도 서툰 사회 초년생의 기획안과 문장 들에 이런저런 덧댐이 보태어지다 보니 결과는 뻔했다. 누가 보아도 대학 리포트 짜깁기를 한 양 허술하기 짝이 없었다. 물론 그런 조언들이 도움이 되는 부분도 있었지만 마지막에 남는 건 이도 저도 아닌 기형적인 결과물일 뿐이었다.

*

무차별적인 수용이 나에게 무엇 하나 득 될 게 없음을 깨달은 건 직장인 경력 3년이 쌓인 뒤였다. 그 뒤로는 웬만하면 쿨하게 받아들일 건 받아들이고 한 귀로 흘릴 건 흘리려 했지만 조언을 해주는 이들은 여전히 같은 비율로 존재했으며 그들은 절대 쿨하지 못했다. “내가 조언을 해주었는데 반영이 안 되었네?” “당연히 이건 고쳤어야 하는데 안 고쳐서 결과물이 아쉽다" 등등의 발언으로 그들만의 섭섭함을 표현했다.

특히 선후배 문화가 단단히 잡힌 조직에서는 더 심했다. 당시 기자 사회에 몸담고 있던 나에겐 그런 순간이 더 잦았다. 그 순간만 넘기면 되는 문제라기에는 매번 난감했다. '쟤는 선배 말도 잘 안 듣는 애'라고 낙인찍히는 순간, 선배 커뮤니티에서 오징어처럼 잘근잘근 씹힐 내 모습이 어렵지 않게 그려졌다.

*

일꾼 2는 어려운 선배 중 한 명이었다. 일 처리가 칼 같아서 취재원들도 괜히 "우리 사이에 이런 부탁쯤은 들어줄 수 있잖아" 하고 비볐다가는 민망함만 한가득 얻고 뒤돌아서야 했다. 그만큼 공사 구분이 확실했고, 내 일과 네 일에 대한 선도 매우 명확했다. 다소 차가워 보이기는 했지만 '저렇게 야무지게 일하려면 당연히 냉정해야지'라는 생각이 들게 하는 일꾼이었다.

해외 기획 취재 프로젝트에 합류하면서 일꾼 2와 함께 일하게 되었다. 일꾼 2가 프로젝트 리더였다. 나는 늘 그렇듯 여러 선후배와 취재원 들의 다양한 피드백이 반영된 기획안을 내밀었다. 반드시 만나야 할 취재원 명단도 다양하게 꾸렸고, 다루어야 할 주제들도 여러 의견을 녹여 작성했다. 이 정도면 일꾼 2의 눈에 딱히 구멍이 보이지 않을 거라 생각했다.

기획안을 본 일꾼 2는 딱 한 마디를 했다.

"그래서 네가 하고 싶다는 게 뭐야? 뭘 쓰겠다는 거야?"

그때부터 주절주절 변명이 시작되었다.

"이 취재원은 이런 측면에서 만나보면 좋을 것 같다고 하고요, 여기 특파원으로 갔었던 선배가 이런 주제까지 다루어져야 더 폭넓은 시각이 담길 것 같다고 하더라고요."

"너는 좋은 기자가 되겠다는 거야, 아니면 좋은 후배가 되겠다는 거야?"

하고 싶은 말은 분명했지만 말문은 막힌 상태

였다. 우물쭈물하고 있으니 일꾼 2가 다시 말을 이어 나갔다.

"내가 하는 일을 가장 잘 아는 사람은 사장도 아니고, 부장도 아니고 나야. 내가 현장을 뛰어서 리얼 보이스를 들었고, 내가 그걸 정리해나가는 사람인데 누가 나보다 더 잘 알겠어. 그런 주인 의식을 갖고 일하는 건 기본이지. 누군가는 분명 잘못된 피드백을 줄 것이고, 그런 피드백을 받았을 때 '제가 알아보니 그건 아닙니다'라고 확실하게 말할 수 있을 정도가 되어야지. 주인 의식을 갖고 일한 사람이 내놓는 정당한 의견을 반박할 수 있는 사람은 아무도 없어."

누군가의 피드백에서 자유로워질 수 있는 가장 쉽고 완벽한 방법이었다. 어쩌면 나는 내 일의 주인이라는 생각 대신 착한 후배, 착한 일꾼 코스프레를 택하고 있었던 걸지도 몰랐다.

일꾼 2는 이 일을 계기로 새로운 규칙을 정해 팀에 공지했다.

"프로젝트에 대한 피드백을 모두가 자유롭게 적극적으로 줍니다. 다만 그 피드백을 모두 반영할 필요는 없습니다. 그 피드백을 반영할지 말지를 정하는 건 담당자입니다."

냉정한 듯 보이는 공지였지만 나 같은 후배들의 입장을 고려한 배려 깊은 규칙이었다. 일꾼 2와 프로젝트를 진행하는 동안 나는 그 누구의 피드백에도 휘둘리지 않도록 더 열심히 일했다.

*

누구나 내 일에 조언해줄 수 있다. 하지만 모두의 피드백이 당연한 것은 아니다. (조금의 용기가 필요할 수는 있지만) 막상 누군가가 나에게 피드백을 주었을 때 "그게 저도 그런 줄 알았는데, 알아보니 이런 방향이 더 맞더라고요"라고 말하는 건 생각보다 쉬운 일이었다. 내 일의 문을 열고 닫는 열쇠는 오로지 나만 쥐고 있다는 자신감, 그리고 그렇기에 더욱 책임감을 갖고 내 일의 대변인이 되어야 한다는 의지만 있다면 말이다.

그리고 하나 더. 나 역시 누군가에게 조언을 해

줄 때 '라떼는 말이야'는 금물이다. 상대가 나의 조언을 반박해 마음이 상하더라도 그 일의 주인은 내가 아니라 다른 사람임을 잊지 말아야 한다.

IT 분야 기자에서 동 분야 사업가로
활동 중인 13년 차 일꾼이다.

"일과 나 사이에는 적당한 거리감이 필요해."

좌절, 슬픔, 무기력을 빼고 일꾼의 삶을 이야기할 수 있을까. 나는 절대 할 수 없다. 가끔은 내가 좌절하기 위해서 회사를 다니나 싶을 정도로 일이 잘 안 풀릴 때가 있다. 어쩌면 멘탈이 털리는 비용이 내 월급에 포함되어 있는 건 아닐까.

얼마 전, 3개월간 기획했던 콘텐츠 사업을 발표하는 자리에서 경영진으로부터 쓴소리를 들었다. 사업을 하려는 정당성과 수익 모델을 설득하지 못한 탓이었다. 숱한 날 밤을 새워가며 만든 사업 기획안은

그 시간 이후로 폐기물 처리가 되었다. 아무짝에도 쓸모없는 종이, 그 이상도 그 이하도 아니었다. 사실 이건 좌절할 일도 아니다. 지난번 회사에서 론칭까지 시킨 신규 사업을 내 손으로 닫아야 했을 땐 몸과 마음이 동시에 무너져내렸다.

이런 순간을 마주칠 때마다 내가 찾는 건 일꾼 3이다. 첫 번째와 세 번째 직장을 함께 다녔고 신규 사업의 최후를 함께 맞이하기도 해서 끈끈한 전우애 같은 것이 있다.

이 일꾼은 IT 분야에서 일 잘하는 기자 중 한 명으로 꼽혔다. 글도 되고 사업도 잘하는 흔치 않은 캐릭터여서 여러 회사에서 입사 제안을 받았다. 무엇보다 일에 거침이 없고 자신감이 넘쳐서 어느 곳에서도 리더들의 신뢰를 얻었다. 옆에서 지켜보았을 때 그가 남달랐던 건, 누가 보아도 좌절할 만한 상황에서도 주눅 드는 법이 단 한 번도 없었다는 점이다.

*

새내기 일꾼 시절, 이 일꾼의 책상에서는 자주 큰소리가 울려 퍼졌다. 부장의 고함부터 선배들의 핀잔까지. 다른 일꾼들은 한 번 겪기도 힘든 일이 일꾼 3에게는 종합 선물 세트처럼 터졌다. 이 일꾼이 쓴 기사를 보고 투자한 독자가 손해를 보았다며 항의해오는 일도 있었고, 야심 차게 기획한 회사 행사의 관중석이 텅텅 비어 경영진이 흰자위를 드러낸 일도 있었다. 한 기업의 모델을 거론했다가 일주일 동안 팬클럽으로부터 전화 공격을 받기도 했다.

행사 문제로 부장의 고함을 한 시간 동안 온몸으로 맞은 그에게 괜찮냐는 말을 건넸을 때 이런 답이 돌아왔다.

"내가 안 괜찮을 게 뭐 있어. 내 일이 나는 아니잖아. 그냥 내가 해야 할 리스트일 뿐이지. 일과 나 사이에는 적당한 거리감이 필요해."

동료 좋다는 게 뭐냐 하는 마음에 다가가면 위로의 손짓이 민망할 정도로 쾌활했다. 일꾼 3은 일과 자신을 떼어놓고 생각하고 있었다.

*

주위의 수많은 일꾼들이 일과 자신을 동일시하면서 문제를 겪는다. 실수를 하거나 본인이 맡은 일이 어그러졌을 때, 스스로를 다그치거나 자존감을 깎아내리고 무너진다.

이런 과정은 일꾼들이 일을 두려워하게 만들거나, 조직 생활에 적응하지 못하는 결과를 낳기도 한다. 혹은 일꾼 스스로 '나는 일을 망치거나 못하는 사람'이라는 프레임에 갇혀 쉽게 벗어나지 못한다. 일꾼 3이 달랐던 게 이거였다. 일을 그저 해야 할 목록으로 보고, 화살을 스스로에게 돌리지 않는 게 그의 '일사이트'였다.

일꾼 3의 말처럼 일은 내가 아니다. 그렇기에 일에서의 실패가 나를 말해주지는 않는다. 오늘 직장에서 쓴소리를 들은 일꾼, 당신도 스스로에게 생채기를 내지 않았으면 한다.

일은 내가 아니다.

그렇기에 일에서의 실패가

나를 말해주지는 않는다.

•

작은 기업에서 6년간 마케팅 업무를 하다 퇴사했다.
지금은 자기를 돌보는 시간을 갖고 있다.

"이 일도 못 버티고 나가서 저 일은 훨씬 잘하는 일꾼들이 얼마나 많은지 모르나?"

그는 부러움의 대상이었다. 명문대를 졸업한 후 곧바로 이름만 들으면 알 만한 기업에 입사했다. 입사한 지 얼마 지나지 않아 회사의 주요 부서로 발령을 받고 동기들보다 빨리 승진했다. 이쯤 되면 조금 뻔뻔해져도 될 텐데 배려하는 태도까지 갖추어 업계 일꾼들 사이에서 함께 일하고 싶은 사람으로 꼽혔다. 말 그대로 탄탄대로였다.

회사가 그에게 대규모 이벤트 기획을 맡긴 일도 있었다. 결과는 예상대로였다. 이벤트는 빠르게 입소

문을 탔고, 참가자들이 몰려들었다.

이벤트가 마무리된 지 얼마 지났을까. 또다시 그에 대한 소식이 들려왔다. 초고속 승진이나 글로벌 기업으로의 이직 소식을 기대하며 켠 모바일 메신저에는 예상 밖의 메시지가 도착해 있었다. 업무 스트레스를 견디지 못해 스스로 삶을 저버렸다고.

그가 서 있던 탄탄대로의 도착지는 죽음이 아니었는데…. 이해할 수 없는 상황이었다.

*

그 일꾼의 죽음은 끝내지 못한 숙제가 되어 내 마음 한편에 남았다. 내 안을 들여다볼 수 있는 고요한 시간이 찾아오면 가끔 그 숙제를 펼쳐 답이 무엇인지 찾아왔다.

정답인지 오답인지 모르겠지만 그가 남긴 숙제를 풀며 지금까지 찾은 가장 그럴 듯한 답은, 업계 동료로 그를 함께 알고 있던 일꾼 4에게서 들을 수 있었다.

"그냥 그 친구는 목숨을 걸고 버텼던 거지. 버티지 않으면 안 될 것 같으니까. 이것만 버티면 다른 일도 할 수 있을 것 같으니까. 그런데 그런 말을 조언이랍시고 해주는 사람들이 제일 무책임하더라. 이것도 못 버티면 다른 데서도 아무것도 못 한다는 말. '이 일도' 못 버티고 나가서 '저 일은' 훨씬 잘하는 일꾼들이 얼마나 많은지 모르나?"

일꾼 4는 지인들과의 술자리에서 이 말을 계속 되뇌었다. 그리고 "역시 기대 이상"이라고 이벤트를 칭찬했던 게 그에게 더 큰 부담이 된 것 같다고 후회했다.

*

일을 하다 보면 개구리가 된다. 우물이 아니라 회사 안에 갇힌. 회사에서 보내는 시간이 길어지고, 일에 매달리다 보면 세상은 점점 좁아져 회사가 된다. 그래서 '내가 이 일을 해내지 못한다면' '업무 결과가 잘 안 나온다면'이라는 가정이 내 세상을 뒤집어엎을 절

체절명의 기준이 된다. 이 일 하나 못해도, 업무 결과가 조금 안 나와도 세상은 여전히 잘 돌아갈 텐데 말이다.

어쩌면 그도 개구리였을지 모른다. 회사가 세상이니 도망치는 방법이 세상에 등을 돌리는 것밖에 없지 않았을까 생각한다.

스스로를 갉아먹으며 버틸 필요는 없다. 그 우물 안에서 나오면 더 큰 세상을 마주할 수 있으니 그만두어도 괜찮다.

*

최근 한 후배가 회사 스트레스로 정신과 상담을 받고 있다고 털어놓았다. 그만두고 싶지만 주위에 그를 말리는 일꾼들이 많아 스스로도 답이 헷갈린다고 했다. "선배, 저 어쩌죠"라고 묻는 후배에게 "가장 중요한 건 너 자신"이라고 답해주었다.

이것도 못 버티고 나가면 안 된다, 도망치는 건 나약한 일꾼이나 하는 행동이다, 미래를 위해 더 버텨야 한다…. 모두 겪어보지 않았기 때문에 할 수 있는 말이다.

다른 사람은 모른다. 답은 스스로만 알고 있기에 주위의 말에 휘둘리지 않아도 된다.

일 꾼 5

대학병원에서 11년째 간호사로 일하고 있다.
최근에는 소아암 환자들을 주로 돌본다.

"정신력으로 버텨서
몸이 무너지면
일꾼으로서의 삶도 끝인 거야."

흔히 정신이 육체를 지배한다고 말한다. 하지만 지난 10년간 직장 생활을 하면서 알게 된 사실은 그 반대다. 정신력 운운하며 버티다가 저질 체력이 된 지 수년이 지났다. 무리한다 싶으면 몸에 바로 반응이 오고, 버텨야 한다는 생각이 들면 어김없이 번아웃이 찾아온다. 체력이 좀처럼 회복되지 않으니 피로와 우울이 내 바이오리듬과 함께한다. 몸이 축축 늘어지는데 정신력은 개뿔.

유리 체력의 발단은 술자리였던 듯하다. 나는 술

이 안 받는 체질이다. 소주 한 잔만 들이켜도 얼굴이 벌겋게 달아오르고 가슴이 빠르게 뛴다. 러시아 스파이들이 복용했다는 알약부터 808번의 실험 끝에 발명했다는 음료까지 알코올과 싸울 수 있는 병사들은 모두 찾아보았지만 백전백패였다. 기자 시절 술자리는 곧 취재 현장이었기 때문에 이런 체질은 '일잘러'가 되고 싶었던 내 발목을 잡았다.

특히 "술은 정신력"이라는 술자리의 흔한 멘트는 무시할 수 없었다. 술을 못 마시는 건 곧 일을 못 한다는 의미로 받아들여졌다. 가느다랗게 실만 남은 정신줄을 잡고 또 잡으며 주량을 늘렸다. 한 잔이 한 병이 되고, 한 병이 두 병이 되었다. 어떤 술자리에서는 최후의 생존자로 등극하기도 했다.

*

그렇게 알코올 쓰레기가 장족의 발전을 이룬 후 나는 우리 집 안방에서 쓰러졌다. 몸이 안 좋아 부모님께 도움을 요청하러 가던 중 바닥에 머리를 '쿵' 하고 박았다. 병원에서 받은 건강검진 결과표에는 온통 빨간 불이 켜져 있었다. 의사는 심각한 얼굴로 "간이 부어 있다"는 진단을 하기도 했다. (같은 말을 했던 지인들의 얼굴이 떠올라 '픽' 웃음이 났다.)

소식을 들은 일꾼 5가 건강식품을 바리바리 싸 들고 찾아왔다. 아플 때 더 생각나는 일꾼 5는 서울의 한 대학병원에서 11년째 간호사로 일하고 있다. 그는 정신력으로 버텼다는 내 말에 큰 눈을 동그랗게 뜨고 불호령을 쏟아냈다.

"정신력 같은 소리 하고 있네. 무슨 회사가 잃어버린 조국이야? 독립 정신 앞세워 네 몸 희생하는 거냐고. 회사에서 정신력 찾는 일꾼들 이야기는 듣지마. 그렇게 버티다가 망가져서 병원에 누워 있는 사람들이 얼마나 많은지 알아? 정신력으로 버텨서 몸이 무너지면 일꾼으로서의 삶도 끝인 거야."

이 일이 있은 후 방송계의 일잘러 친구가 암 진단을 받았다는 소식을 들었다. 다행히 초기에 발견했지만, 나와 같은 나이의 친구가 상상도 못 한 큰 병에 걸렸다는 소식은 충격으로 다가왔다. 퇴근길 그 친구의 사무실 앞에서 커피 한 잔을 들고 눈이 퀭한 그를 맞았던 기억이 머릿속을 스쳤다.

대개의 일꾼에게 직장 생활은 단거리 달리기보다 마라톤에 가깝다. 42.195킬로미터의 장거리를 완주하는 데 가장 중요한 건 페이스 조절이다. 단거리 선수처럼 냅다 체력을 쏟아부으면 완주하기 전에 쓰러진다. 나처럼 '쿵'.

*

회사에서 만난 수많은 일꾼들은 정신력을 앞세우며 단거리 달리기 하듯 42.195킬로미터를 뛰라고 이야기했다. 그렇게 말했던 일꾼 대부분은 지금 회사에 남아 있지 않거나 소식이 끊겼다. 내가 알고 있는 이들 중 제일 오래 회사에 남아 있는 이는 진짜 마라톤이 취미인 일꾼이다. 뭐든 항상 말이 쉽다.

다 잘 먹고 잘살자고 하는 일인데,

우리는 이 담백 명료한 목적을

자주 잊어버리곤 한다.

나보다 더 중요한 건 없는데 말이다.

•

대기업 법률팀에서 5년간 일하다
지금은 이주 노동자를 위한 한국어 교육을 하고 있다.

"너와 맞지 않는 회사일 뿐이야."

일 못한다는 평가가 정말 그 일꾼을 무능력하게 변화시키는 모습을 종종 목격한다. 일을 시작한 초반, 몇 번의 실수가 연달아 있을 때 그 일꾼 주위에서는 일 못한다는 평가가 나온다. 그리고 그 평가는 '일 못하는 사람'이라는 프레임을 만든다. 일꾼은 자기도 모르는 새 프레임에 갇혀 정말 일을 못하는 사람이 되어버리는 식이다. 나도 비슷한 경험을 했다.

흔히 말하는 신의 직장을 다녔다. 국가고시 중에서도 특히 높은 경쟁률을 뚫은 이들이 근무했고 복지

와 대우가 모두 좋은 곳이었다. 여기서 일한다는 것만으로도 부모님의 '장한 내 새끼'가 될 수 있었다.

평생직장으로 삼을 만한 곳이었지만, 내가 근무한 기간은 고작 2년 6개월. 누가 쫓아낸 것도 아니고 내 발로 걸어 나왔다. 그곳에서 자주 혼이 났다. 홍보 콘텐츠를 제작할 때는 "나대지 말라"는 핀잔을 받았고, 윗분의 해외 출장 소식을 홍보 콘텐츠로 만들려고 취재하던 중 "너 때문에 내 기분이 상했으니 네 상사에게 책임을 묻겠다"는 경고를 듣기도 했다. 내가 뭘 잘못했는지 이해할 수 없었지만, 상사와 함께 그분을 찾아가 머리를 조아린 기억이 있다. 억울함에 눈물을 뚝뚝 흘리면서.

이런 일들을 겪다 보니 어떤 일을 해도 움츠러들었다. 회의 시간에 입을 열기가 어려워졌고 업무 태도는 소극적으로 변해갔다. 나는 아니라고 생각했지만, 사람들이 덧씌운 프레임에 갇혀가고 있었다.

내 존재감을 스스로 지워가고 있을 때 일꾼 6에게 상담을 요청했다. 일꾼 6은 대기업을 다니다 퇴사하고 이주 노동자를 대상으로 한국어 교육을 하고 있었다. 모두가 부러워하던 회사를 나와서 후회하고 있는지, 아니면 현재 생활에 만족하고 있는지 궁금했던 것 같다. 내 상황에 대한 그의 답은 밤잠을 깨웠던 수많은 고민이 무색할 정도로 단순했다.

"너와 맞지 않는 회사일 뿐이야. 지금 회사는 능력을 제대로 평가해주는 곳이 아니야. 능력을 알아봐줄 곳은 많아. 그곳이 너에게 맞는 회사인 거야."

그의 말이 맞았다. 새로운 회사에서는 함께 일하는 일꾼들이 나를 믿고 업무를 맡겼다. 칭찬과 격려가 뒤따랐고, 그 어느 때보다 적극적으로 일했다. 일을 하면서 성장하고 있다는 생각도 할 수 있었다.

지난 10년간 총 세 번의 이직을 했다. 나에 대한 평가는 네 곳의 회사 모두 같지 않았다. 어디에서는 "일 좀 한다"는 평가를 들었지만, 또 다른 곳에서는 "매사 오버한다"는 핀잔에 마음을 다쳤다. 흔히 직장은 다 거기서 거기라고들 한다. 사람 간에 부딪히고, 돌아이가 존재하고, 업무가 힘든 건 어느 직장이나 똑같다. 하지만 우리의 능력을 인정해주고 날개를 달아줄 회사는 따로 있다.

•

10년 전 대기업 마케팅 신입 사원으로 입사했다.
어느 곳에서 무슨 일을 하든
잘해내고 있을 거라는 확신이 있다.

"저는 회사에서 솔직함을 담당하고 있는데요."

취업 성공기를 들고 학교에 특강을 하러 오는 선배들이 있었다. 하나같이 정장을 입고 사원증을 목에 걸고 온 그 모습이 그렇게 부럽고 멋있어 보일 수가 없었다. 선배들은 어떤 노력을 해서 이 기업의 신입 사원이 되었는지 자세히 알려주었다.

특강이 끝난 뒤 뒤풀이에서는 회사 생활 뒷이야기를 풀어냈다. "이건 후배인 너희에게만 들려주는 사회생활 꿀팁"이라며 조언을 해주기도 했는데 대부분 비슷했다. 회사에서는 진짜 내 모습이 아니라 어느 정도 가면을 쓴 상태로 생활해야 편하다는 것이다. 회사가 어찌나 말이 많은 곳인지 작은 말실수, 애인의 유무까지도 돌고 돌아 결국 업무에도 영향을 미치게 되었다는 구체적인 사례까지 들으니 마음이 쿵쾅거렸다.

어린 마음에 '회사=눈 감으면 코 베어 가는 곳'이라는 인식이 박혔다. 애인이 생겨도 없다고 하고, 마음에 들지 않아도 쿨한 척 호쾌한 척 웃어넘겨야 살아남을 수 있는 정글 같은 곳. 실제로 선배들도 그렇게 생활하고 있다고 말했다. 그런데 유독 한 선배만 다른 이야기를 했다. "저는 회사에서 '솔직함'을 담당하고 있는데요"로 시작하는 말이었는데 이상하게 몸이 앞으로 쏠렸다.

"회사에서는 솔직한 게 제일 중요한 것 같아요. 입사한 뒤 솔직하지 못해서 힘들어하는 친구들을 많이 보았거든요. 업무 욕심에 다 할 수 있다고 무리하게 일을 맡았다가 결국 구멍이 생겨 비상 상황이 발생하기도 했고요. 함께 일하면서 느낀 불쾌한 감정을 상대방에게 드러내지 못하고 그저 웃기만 했다가 뒤탈이 나는 경우도 있었어요. 사생활을 그대로 오픈하라는 게 아니라 현재 내가 일하고 있는 상황과 감정을 솔직하게 공유할 필요가 있어요. 힘들면 힘들다고, 일에 집중이 잘되면 잘된다고 꾸준히 소통하는 게 즐겁게 오래 일할 수 있는 비결인 것 같아요."

당시에는 조금 다른 의견이구나 정도로만 여기고 스쳐 지나간 이야기였다. 그런데 막상 회사 생활을 시작하니 이 선배 일꾼의 말이 자꾸 떠올랐다.

나에게 회사란 '가면을 써서는 절대 오래 머물 수 없는 곳'이었다. 하루 24시간 중에서 절반 가까이 함께 보내는데 만들어진 모습만 보여주어야 한다니, 그게 어떻게 가능할까 싶었다. 무엇보다 나와 함께 일하는 일꾼들의 속마음을 알 수 없을 때 '가면'에 대한 회의감이 밀려들었다.

늘 밝고 상냥한 선배 일꾼이 있었다. 신입인 나에게 항상 "잘했네"라고 칭찬해주고, "그럴 수도 있지 뭐"라며 실수를 눈감아 주는 선배 일꾼이 좋았다. 나중에서야 들은 이야기이지만 누구보다도 신입들을 매의 눈으로 지켜보고, 실수하면 득달같이 달려가 상사에 보고하는 게 이 선배의 숨겨진 캐릭터라는 것을 알게 되었을 땐 이미 내 코가 석 자 정도는 베어진 뒤였다. 뒤돌아보니 실수에 자비 없던 옆자리 선배가 오히려 더 도움을 주고 있었다.

결국 나는 가면 쓰기를 포기했다. 본투비 덜렁이인 모습도 보여주고, 너무 웃기면 목젖까지 보여줄 태세로 깔깔 웃었다. 애인과 싸운 다음 날에는 선후배를 붙잡고 울었다. 못하겠다 싶은 일은 내 능력 밖이니 도와달라고 SOS를 쳤고, 욕심나는 일은 부족하지만 내가 해보고 싶다고 손을 들었다. 일을 더 잘하게 되었는지는 모르겠지만 일단 회사에 오는 게 즐거워졌다. 감출 게 없으니 책상에 앉아 있는 시간 자체가 힘들지 않았다. 무조건 좋다고 하기보다는 어떤 부분을 고쳤으면 좋겠다고 조언할 수 있는 용기도 조금씩 생겼다.

2~3년에 한 번씩 돌아오는 부서 이동을 앞두고 받은 개인 평가에는 이렇게 적혀 있었다.

"잘한 일을 스스로 잘했다고 포장하는 건 누구나 쉽게 할 수 있는 일입니다. 하지만 실수를 감추지 않고 공유하는 일은 어렵습니다. 실수를 알리고, 다시 실수를 반복하지 않으려 한 과정을 통해 무슨 일이든 믿고 맡길 수 있겠다는 믿음이 생겼습니다."

솔직함이 불러온 효과는 생각보다 큰 듯했다. 긴장을 풀고 회사에 출근할 수 있게 되었고, 누군가는 나를 '신뢰할 수 있는 사람'으로 평가했다. 내가 회사의 규칙을 잘 지키고 있는 한 솔직함은 더 강한 무기가 된다는 것을 느꼈다. 가면을 쓴 사람은 절대 가질 수 없는 아주 강력한 무기.

나는 10년째 회사에서 '솔직함'을 담당하고 있다. 대학생 때 처음으로 나에게 솔직함의 기술을 전수해주었던 그 선배 일꾼도 여전히 그러할까. 취업에 성공한 선배가 되어 후배를 만난 적은 없지만 그럴 수 있는 기회가 주어진다면 하나의 기술을 더 추가하고 싶다. 나의 솔직함을 한낱 가십거리나 약점으로 취급하는 누군가가 있다면, 다시는 그 사람과 진심을 다해 대화하지 말 것. 회사에서 '어른이 아닌 사람들' 앞에서는 솔직할 필요가 없다.

일꾼 8

•

거의 마흔이 되어서야 웹디자이너라는 업을 택했고,
얼마 지나지 않아 회사를 차렸다.

"세심하고 내향적인 내가 괴롭지 않은 것을 일의 기준으로 삼았어요."

새 프로젝트를 준비하면서 꼭 같이 일하고 싶은 일꾼이 있었다. 하지만 이 일꾼을 두고 퍼진 업계 소문에 머뭇거려졌다. 일단 그는 업계 관련 모임이나 행사에 전혀 얼굴을 보이지 않는, 베일에 싸인 인물이었다. 함께 일하는 회사나 사람을 가리는 편이라는 이야기도 들렸다. 본인 마음에 들어야지만 함께 일하는 깐깐한 성격이라 호불호가 갈린다는 것이었다.

작지만 강한 웹디자인 회사로 워낙 잘 알려진 곳이라 한 번쯤은 대표를 만나보고 싶었다. 연락처를 알아내 미팅 약속을 잡았다. 대표는 매우 흔쾌히 자신의 사무실 근처 카페에서 보자고 이야기했다. 중년 여성의 목소리였다. 미팅 당일도 떨렸다. 스타일리시하고 대표 포스를 내뿜는 캐릭터를 떠올리며 카페로 갔다.

*

사람은 역시 만나보아야 한다. 업계 소문과 상상을 기반으로 만들어두었던 일꾼 8의 이미지는 첫 만남 5분 만에 무너졌다. 잘나가는 회사를 이끄는 대표라기보다는 옆집 언니 혹은 누나에 가까울 정도로 친근했다. 코드가 잘 맞아 업무 이야기는 뒤로 미루고 연애 이야기나 TV 드라마 이야기로 빠져 두세 시간이 금세 갔다. 일 이야기는 마지막 30분에 다 끝냈다. 준비 중인 프로젝트를 함께 해보기로 하고 구체적인 내용은 다음 미팅에서 논의하기로 했다.

이후 이어진 미팅에서도 일꾼 8은 직접 실무를 챙기며 적극적으로 프로젝트에 참여했다. 담당자 입장에서는 매우 고마운 일이었다. 고집을 부리는 일도, 무리한 요구도 없었다. 이쯤 되니 업계에 퍼진 소문이 어떻게 와전된 것인지 궁금해졌다. 적당한 기회에 슬쩍 운을 뗐다.

"제가 대표님과 함께 프로젝트를 시작했다고 하니 다들 한번 뵙고 싶다고 하더라고요. 회사 대표이신데 외부 활동을 안 하셔서 다들 궁금한가 봐요."

"하하. 제가 낯을 많이 가려서요. 그래서 대표가 된 것도 있지만요."

"낯을 가려서 대표가 되신 거라고요?"

일꾼 8은 소위 일터의 부적응자였다고 했다. 마흔이 될 때까지 직업도 많이 바뀌고, 상처를 받아 퇴사한 경우도 많았다는 것이다.

"저는 워낙 세심하고 내향적인 성격이라서 직장생활은 맞지 않다고 생각했어요. 그런데 어느 날 이런 생각이 들더라고요. '세심하고 내향적인 내가 괴롭지 않은 것'을 일의 기준으로 삼아보자. 그래서 괴로운 상황이나 상처받는 일은 되도록 피하려 했어요. 그러니 일이 즐거워지고 마음에 맞는 일도 찾게 되었죠. 웹디자인이 그랬고, 결국 내 일을 더 마음껏 하고 싶어서 회사도 만든 거예요."

*

본인 마음에 들어야지만 함께 일할 정도로 까다로운 성격이라는 소문이 어디에서부터 시작된 것인지 알 것 같았다. 일꾼 8은 "서로가 힘들어하면서 함께 일할 필요가 있나요. 마음이 맞고 즐겁게 일할 수 있는 사람들과 함께하려고 하는 편입니다"라고 말했다.

대표라면, 일꾼이라면, 협업을 해야 한다면 등으로 시작하는 나의 모든 편견이 사라지는 순간이었다. 흔히들 일꾼은 외향적이어야 하고 커뮤니케이션에 능해야 한다고 생각한다. MBTI에서 E(외향적)로 시작하는 결과가 나온 사람과 I(내향적)로 시작하는 결과가 나온 사람에 대해 일단 이상한 편견을 갖게 되는 것과 비슷하다.

누구나 자신의 성향이 있고 그 성향에 맞추어 일의 방식을 선택할 권리가 있다. 우리는 그 방식을 언제나 존중해야 한다. 세심하고 내향적인 일꾼들이 자신의 성향을 거슬러 가며 일할 필요도 없고 그래서도 안 된다. 외향적인 일꾼들도 마찬가지다.

공연, 엔터 업계에서 6년간 일하다가
작가가 되기 위해 공부를 시작했다.

“회사가 나에게 요구하는 만큼만 일하는 것도 일꾼의 미덕이야.”

회사는 일 잘하는 일꾼을 귀신같이 알아보는 법이다. 일꾼 9도 회사의 일잘러 레이더망에 걸린 뒤 업무가 달라진 케이스였다.

석사에 과거 유명 엔터 회사 팀장까지 갔었던 일꾼 9는 글을 쓰면서 겸사겸사 공기업 계약직으로 일하기로 했다. 면접 때까지만 해도 “당신은 계약직이니 단순 지원 업무가 주요 역할일 것”이라고 안내받았다.

정신을 차려보니 해당 기관을 대표하는 외부 커

뮤니케이션까지 도맡아 하고 있었다. 일 처리 똑 부러지고 '짬에서 나오는 바이브'까지 갖춘 그를 회사가 몰라보았을 리 없다. 처음에는 이 조직에 워낙 리소스가 없으니 보탬이 되어주자는 마음이었다.

그런데 일을 잘해내면 해낼수록 과도한 업무가 손에 들려 있었다. 이 일꾼에게 일을 주는 팀장은 늘 "일꾼 씨가 이렇게나 일을 잘 해결하니깐"이라는 칭찬을 덧붙였다.

1년 뒤 일꾼 9는 재계약은 안 할 것이라고 선언했다. 해당 기업에서 가능성을 찾아보라 조언했지만 일꾼은 단호했다.

"받는 만큼만 일하는 게 정상 아냐? 일을 더 시키려면 돈을 더 주어야지. 정규직을 시켜주든가. 회사가 양아치니?"

*

나도 월급 80만 원을 받으면서 몇 곱절의 일을 하던 시절이 있었다. 그때는 경력도 없는 나에게 이만큼의

돈을 주는 것도 감지덕지했다. 온갖 일을 다 했다. 선배들을 따라가 취재원과 술 마시느라 새벽 3시에 귀가하는 날도 잦았다. 취재원 한 명 만나려고 사비를 들여 부산까지 당일 취재를 다녀오기도 했다. 회사가 나를 키우고 있다고 생각했다. 회사도 나에게 일종의 교육비를 투자하고 있다고 생각했을 것이다. 그런데 회사 재정 상태가 어려워지자 회사는 투자비를 거두어들이는 대신 인건비를 줄이는 쪽을 택했다. 그렇게 내 첫 번째 직장 생활이 끝났다.

일꾼 9는 "회사가 나에게 요구하는 만큼만 일하는 것도 일꾼의 미덕"이라고 했다.

"더도 말고 덜도 말고 딱 지금의 회사 안에서 내가 할 수 있는 만큼 조절하며 일하는 것도 일꾼의 능력 중 하나더라. 책임이 과중한 일을 맡기고 싶다면 회사는 나에게 그에 맞는 자리와 연봉을 주겠지. 계약직이 정규직처럼 일하고 대리가 차장처럼 일한다면 그 회사와 주변 일꾼들의 성장을 내가 가로막는 것일 수도 있더라고. 나 스스로 내 리소스를 깎아 먹지 않으며 일하는 법, 내 연봉의 가치를 지키는 법이 필요해."

*

일꾼 9의 말을 듣고 얼마 지나지 않아 동생에게 전화가 왔다. 회사를 그만두고 싶다는 내용이었다. 강연 에이전시 회사의 현장 지원 스태프 계약직으로 입사한 지 3개월 차였을 때였다. 회사는 동생에게 "강사를 직접 섭외하고 관리하는 업무도 해보라"며 "이 일을 잘하면 앞으로 더 좋은 기회가 오지 않겠느냐"는 말을 했다는 것이다.

예전 같았으면 거기서 열심히 해서 정규직 전환을 노려보라 말했겠지만 그러지 않았다. 동생은 이후 퇴사했고, 1년 뒤 더 좋은 환경에 더 나은 급여를 받는 회사의 정규직이 되었다. 내가 그때 동생에게 참고 견디며 더 많은 일을 해보라고 말했더라면 지금의 동생은 어땠을까.

“받는 만큼만 일하는 게 정상 아냐?

일을 더 시키려면 돈을 더 주어야지.

정규직을 시켜주든가. 회사가 양아치니?”

•

포털에서 비즈니스 제휴를 맡고 있는
3년 차 일꾼이자 창업 꿈나무다.

“회사를 이기적으로 이용하기로 했어요.”

일꾼들은 눈치를 보며 살아간다. 칼퇴를 위한 상사와의 눈치 싸움, 회의 시간 업무 분담을 놓고 벌이는 팀간 눈치 싸움 등 일꾼들은 ‘눈치’라는 촉수를 세우고 매일 전쟁터로 입장한다. 시간이 켜켜이 쌓이면 눈치 싸움은 일상이 되고 나름의 스킬 같은 게 생기는데 참 답을 찾기가 어려운 것도 있다.

나의 경우에는 동료들과의 눈치 싸움이 그랬다. 항상 주어진 일, 그 이상을 하는 나에게 ‘저 열심히 일하고 있어요’라는 뉘앙스를 풍기는 건 어려운 일이었다. 솔직히 말하면 '재는 왜 오버해서 일꾼들을 힘들게 해'라거나 '자기만 튀려고 회사에 충성하는 거 아니야'라고 생각할 동료들의 반응이 두려웠다. 그래서 내가 열심히 일하는 걸 동료들이 눈치채지 못하도록 포장해왔다.

이런 두려움이 깨진 건 이제 갓 수습 기간을 마친 일꾼 10이 우리 부서로 옮겨온 후부터였다. 옆에서 보기만 해도 에너지가 느껴지는 사람이 있는데, 일꾼 10이 그랬다. 회의 시간에는 동료 일꾼들의 눈치를 보지 않고 새로운 아이디어를 제안했다. 부서에 새로 배정된 일을 본인이 하겠다고 나서는 경우도 많았다. 언제나 자기에게 할당된 업무 이상의 무언가를 하고 있었고 그것이 얼마나 즐거운 일인지 이야기했다.

언젠가 팀에서 나름 꼰대력이 충만한 선배 한 명이 그에게 비꼬듯 말한 적이 있었다.

"아니, 일꾼 씨는 신입 사원이라 그런지 군기가 단단히 들었어. 쉬엄쉬엄해. 그렇게 애쓸 필요 없어."

일꾼 10의 반응이 궁금했다.

"아, 그런 건 아니에요. 대학 다닐 때 동기와 창업을 했었는데, 그때를 돌이켜보면 열심히 일하게 되더라고요. 걱정해주셔서 감사해요. 힘들면 쉬엄쉬엄 할게요."

선배가 "주인 의식을 갖고 일한다, 뭐 그런 거야? 역시 신입 사원이라 순진하네"라고 받아치자 이일꾼이 다시 입을 열었다.

"주인 의식요? 저는 그저 회사를 잘 이용하고 있는 것뿐이에요. 창업했을 때 괜찮은 사업 아이디어도 여러 개 있고 직접 해보고 싶은 일도 많았어요. 그런데 모든 업무가 서툴렀고, 무엇보다 당장 사무실 임대료를 내는 것부터 문제였죠. 결국 1년도 안 되어서 문을 닫았어요. 포기하는 마음으로 취업을 한 건데 입사하고 보니 회사는 '기회'더라고요. 제가 어떻게 하느냐에 따라 시간만 흘려보낼 수도, 많은 걸 얻을 수도 있겠다는 생각이 들었어요. 그래서 회사를 이기적으로 이용하기로 했어요. 마음껏 아이디어를 내고 가능한 한 많은 일을 배우기로요. 망할 걱정도, 사무실 임대료 걱정도 없이 월급 받으면서 작은 사업들을 시험하고 있는 거예요."

배려 없는 말에 대처하는 능숙한 답변도 멋있었지만 '회사를 이용한다'는 마인드가 더 멋졌다. 근로계약서에 사인한 순간부터 고용주인 회사에 이용당하고 있다고 생각하는 보통의 일꾼들과는 달랐다. 내가 동료 일꾼들에게 열심히 일한다는 티를 내는 게 두려운 이유도 그 때문이었다. 회사에 잘 이용당하는 어리숙한 일꾼, 혹은 고용주에게 과도한 충성심을 갖고 있는 일꾼처럼 보일까 봐. 그의 말처럼 이용당하는 대상이 일꾼이 아니라 회사가 되었을 때, 열심히 일하는 일꾼에 대한 생각은 완전히 바뀌었다. 자기 걸 스스로 챙길 수 있는 프로페셔널한 일꾼으로 말이다.

*

꼰대 선배의 우려에도 불구하고 일꾼 10은 꾸준히 '열심히' 모드를 장착하고 일했다. 일이 잘될 수 있는 방향으로 아이디어를 내고 기획안을 만들어 제안

했다. 타사에서 여는 콘퍼런스를 찾아 사업 모델을 조사하고, 우리의 모델을 점검하기도 했다. 그가 3년 차 일꾼으로 성장하는 동안 '열심히'는 그의 포트폴리오가 되었다. 그리고 화려한 포트폴리오가 빛을 발해 이직한 상사에게서, 창업한 동료에게서 줄줄이 러브콜을 받았다.

되돌아보니 일꾼 생활을 하면서 열심히 일하고 싶지 않은 사람은 없었다. 고용 관계에서 비롯된, 스스로 '을'이 된 일꾼들이 주도적으로 일하는 것에 대한 두려움이 있을 뿐. 일꾼 10처럼 솔직해지기로 마음먹었을 때, 나는 앞으로 나아갈 자세가 되어 있는 일꾼이 되었고 주변에서도 그런 나를 받아들였다. 결국 한 끗 차였다. 이용당하거나 이용하거나.

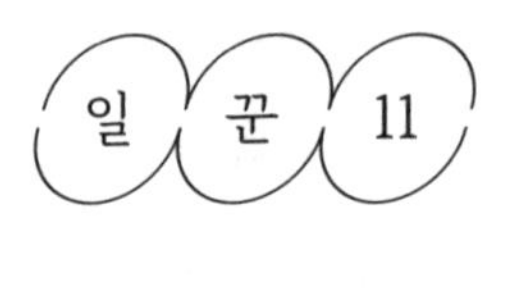

•

금융권 기업에 입사한 뒤
7년째 한 직장에 다니고 있다.

“회사가 던지는 달콤한 인정 욕구에 현혹되지 말 것.”

일을 하다 보면 ‘인정 욕구’에 휘둘릴 때가 있다. 회사는 종종 그 지점을 공략한다. 일꾼 11은 인정 욕구를 자극하는 공략에 절대 넘어가는 법이 없는 부류였다. 회사 남자 동기들 중에서 유일하게 육아 휴직을 썼다. 회사가 정부 지침에 따라 육아 휴직을 권장하는, 세상에 둘도 없는 훌륭한 곳이라 하더라도 막상 실행으로 옮긴다는 건 쉽지 않은 일이다. 현재 업무와 거리가 있는 마케팅 쪽으로 대학원 진학도 했다. 새로운 분야에 대한 호기심이 크게 작용했다. 회사가 무엇을 요구하든 자신이 세운 삶의 우선순위를 잘 지켜냈다.

대학 연합 동아리에서 만난 일꾼 11은 스무 살 때부터 그런 캐릭터였다. 본인이 할 수 있는 일은 밤을 새워서라도 결과물을 가져왔다. 하지만 본인에게 무리가 되는 일정이거나 능력 대비 과한 과제라면 머뭇거림 없이 못 한다고 말했다. 대학생 때는 단체 활동에 희생하지 않고 혼자 튀려고 한다는 뒷말도 돌았다. 그럼에도 일꾼 11은 동아리 사람들의 선심을 사려는 시늉조차 하지 않았다. 그리고 그때의 '우리'는 지금의 부장님들보다 더한 꼰대였음을 이제는 안다.

일꾼 11은 다른 누군가에게도 절대 강요하는 법이 없었다. 그래서 이 일꾼과 이야기하기 편했다. 할 수 있다, 없다만 말하면 되었다. 그 어떤 변명이나 구구절절한 설명도 필요 없었다. 어설프게 발을 담가놓았다가 잠수 타거나 마감 시간에 맞추어 급급하게 결과물을 내놓는 쪽보다 수백 배는 더 나았다.

그는 직장 생활을 하면 할수록 일종의 '선봉자'

역할을 했다. 뒷말에 동참하던 동아리 동기들도 회사가 던지는 달콤한 유혹과 개인의 가치 사이에서 흔들리는 순간이 오면 꼭 이 일꾼을 찾았다. 동아리 동기 중 한 명은 회사로부터 자회사 파견 업무를 제안받았다고 했다. 자회사에 가서 사업 세팅을 돕고 2년 뒤 본사로 복귀하는 일정이었다. 일꾼 11은 물었다.

"그게 네가 하고 싶은 업무야?"

"아니, 꼭 그런 건 아니지."

"그걸 하면 뭐가 좋아, 그럼?"

"아마 다른 동기들보다 더 인정받겠지. 얘는 잘하는 애다. 회사가 시키는 일에 순종적으로 따르는 애다. 뭐 이런 걸로? 어쩌면 나중에 승진이 더 빠를 수도 있고."

"동기들보다 1~2년 먼저 승진하고 싶어?"

"에이, 요즘 그런 사람이 어딨어. 그냥 잠깐 기분 좋고 마는 거지. 요즘 먼저 승진하면 먼저 잘리는 거 모르냐."

일꾼 11의 결론은 이랬다.

"당연히 회사 일도 네 삶의 일부이기는 하지만

그러니깐 더 온전히 네가 중심이 되어야지. 회사가 던지는 달콤한 인정 욕구에 현혹되지 마. 남에게 인정받는 거 말고 본인 스스로 인정할 수 있고 납득되는 일을 해야지. 너한테 그보다 더 가치 있는 일이 있을 거 아니야. 지금 당장은 회사 부장들 앞에서 찍히는 것 같고 동기들한테 밀리면 어쩌나 걱정이 되겠지. 그런데 네가 하고 싶은 일을 묵묵히 하고 있으면 결국 필요할 때 너를 찾게 되어 있어."

*

회사의 인정이 우리의 월급을 올려주는 건 아니다. 우리의 행복한 삶을 담보해주는 쪽은 더더욱 아니고. 인정에 목매기 시작하면서 결국 회사에서도 개인의 삶에서도 중심을 못 잡고 흐트러지는 주변 동료들을 종종 마주하곤 했다. 하지만 우리는 알지 않나. "네가 아니면 누가 이거 하냐"라든가 "이거 잘하면 뭐라도 챙겨줄게"라는 말이 허상에 지나지 않음을.

내가 하고 싶으면 기꺼이 하는 거고 아니다 싶으

면 미련 없이 돌아서자. '회사가 정말 필요하면 다시 붙잡겠지'라는 마음으로 쿨하게. '내가 그 일에 마음이 동할 수 있도록 나를 설득해봐'라는 거만하고 배려 깊은 마음으로. 그렇게 우리는 조금 더 단단한 일꾼이 되어가고, 이런 일꾼들이 많아지면 인정 욕구에 기대던 회사들도 조금은 달라지지 않을까. 결국 조직은 개개인의 일꾼으로 움직일 수밖에 없으니 말이다.

일 꾼 12

•

영상 프로덕션 회사를 다니고 있다.
약 6년간 같은 업종에서 서너 번 이직했다.

"돌이켜 생각해보니 잘못 끼운 단추 하나 없더라고요."

고3 시절, 같은 반에 전교 1등이 있었다. 얼굴이 새하얗고 똑단발에 안경을 써서 누가 보아도 모범생인 친구였다. 정시나 수시 이야기를 하던 중으로 기억하는데 갑자기 전교 1등 친구가 나에게 "너는 참 우회 인생을 살고 있는 것 같아"라고 말했다. 이 장면이 15년이 지난 지금도 생생하다. '너는 꼭 쉽게 갈 수 있는 길도 돌아가더라' 정도의 관찰성 발언이었을 텐데 그게 나에게는 꽤 단정적으로 내 인생을 규정짓는 말로 들렸던 것 같다.

그런데 정말 이 친구가 예언자라도 된 듯 나는 이후 '우회 인생'을 걸었다. SKY, 서성한, 중경외시 등 사람들이 줄 세워 말하기 좋아하는 대학교에서 원하던 곳에 가지 못했다. 소위 하위 그룹에 속한 대학교에서 4년을 보낸 나는 학교 레벨을 비교하는 발언을 농담처럼 들어왔다.

한 번에 원하는 어딘가로 직진한 적이 없다. 첫 번째 직장은 이름만 대면 알 만한 대기업의 부서였다. 회사는 돈이 필요하자 이 비주력 부서를 '양수도 계약'이라는 이름 아래 자회사에 팔아버렸다. 엄마는 늘 친구들에게 "우리 딸이 대기업에 다니고 있다"며 자랑하고 다녔지만 실은 아니었다. 우리 부서 사람들은 회사를 놓고 "대문만 큰 회사"라고 했다.

건물 입구에는 널리 알려진 기업명이 번듯하게 찍혀 있었지만 내가 들어가는 곳은 그 건물의 3층, 회사에서 아무도 신경 쓰지 않는 창고 같은 부서였다. 한 건물 안에도 등급이 있는 것 같았다. 8층은 본사, 3층은 자회사. 엘리베이터에서 누르는 층수만 보아도 그 사람의 '명함'이 보였다. 두 번째 직장도 비슷했다.

그런데 10년째 내 옆을 지키고 있는 애인은 나와는 좀 달랐다. SKY는 아니지만 어느 곳과 비교할 이유도 없는 상위권 대학을 나왔고, 첫 직장도 마찬가지였다. 그의 인생에 우회전 좌회전은 없어 보였다. 그래서 연애 기간 동안 우리 둘의 패턴은 매우 달랐다. 나는 늘 열심히 어딘가로 달려가는 중이었고 그는 현재의 안정적인 상황을 더 안정적으로 다지는 중이었다.

어느 날 애인의 후배를 함께 만날 일이 있었다. 후배는 전공을 살려 영상 감독이 되고 싶은데 쉽지 않다고 했다. 이미 서너 개의 작은 회사를 짧게 다녔다가 회사 비전과 맞지 않아 그만둔 상황이었다. 옆자리에 앉아 있던 애인이 이런저런 조언을 해주기 시작했다.

"첫 번째 단추를 잘 끼우는 게 중요해. 일단 좋은 회사에 들어가는 게 먼저야."

그 말을 듣는데 이상하게 버럭 화가 났다. 나도 내가 왜 그랬는지 모르겠지만 이런 말을 쏟아냈다.

"처음부터 좋은 회사, 좋은 대학 들어가면 좋다는 걸 누가 몰라? 그걸 안 하고 싶어서 안 하는 사람이 몇 명이나 된다고 그래? 네가 몰라서 그렇지 차근차근 올라가는 과정이 얼마나 다이내믹하고 재미있는데. 성장하는 즐거움도 있고. 너는 종종 지금 다니는 회사 다음에 갈 만한 곳이 없어서 고민이라고 하잖아. 나는 가고 싶은 곳, 하고 싶은 일이 얼마나 많은데. 그중에서 내가 고르고 골라 연봉이나 직급도 높여서 이동해보겠다는 마음이 얼마나 소중한데."

와다다 쏟아내버렸다. 집에 가서 이불킥이나 하고 자야겠다고 생각했는데 후배가 고맙게도 말을 덧붙여주었다.

"형수님 말이 맞아요. 처음에는 첫 단추를 잘못 끼웠다고 생각해서 앞으로 내 인생은 망했구나 싶었는데 그게 아니었어요. 돌이켜 생각해보니 잘못 끼운 단추 하나 없더라고요. 너무 비합리적이고 체계 없는 조직에 들어가 내가 왜 이런 곳에 와 있지 싶었던 곳에서도 다 배우는 게 있었어요. 그리고 신기한 게 그게 다 경력이 되더라고요. 맨땅에서 구른 경력을 높게 쳐준다고 해야 하나? 말이 좀 이상하다 싶지만 정말 그래요. 불만족스러운 환경에서도 열심히 노력했다는 걸 이 다음 스텝에서 인정해주더라고요. 그리고 정말 점프해가는 맛도 있고요. 나에게 맞는 회사를 찾아가는 기쁨도요."

흔히들 첫 번째 단추를 잘 끼워야 한다고 말한다. 잘 안다. 그런데 세상이 어디 그런가. 이런 세상에서 첫 단추를 잘못 끼웠으니 그럼 나는 처음부터 실패한 것인가. 그렇지 않다. 잘못 끼워진 단추는 없다. 잘못 끼웠다고 스스로 생각한다면 다시 차근차근 끼워도 된다.

나는 내 인생이 우회 인생이라서 좋다. 더 많은 걸 할 수 있었고, 더 의지가 충만했고, 훨씬 재미있었다. 그 똑단발 전교 1등 친구는 인생 어디쯤 가고 있을까. 첫 단추를 잘 끼웠을까. 그런데 그 친구는 알까. 나는 단추 달린 옷보다 그냥 막 입고 벗어던질 수 있는 후드티를 훨씬 더 좋아한다는 것을. 빨리 가는 직진 코스보다 빙빙 돌아가는 제주도 해안 도로를 사랑한다는 것을.

일 꾼 13

•

어린 나이에 강단에 서기 시작해 대학에서
6년째 중국어를 가르치고 있다.

“완벽한 직장은 세상 어디에도 없지 싶어. 그래서 나는 최소한의 기준을 세워.”

“너 그거 싫어증이다.”

회사를 그만두고 싶다는 말에 일꾼 13이 차갑게 다그쳤다. 서운한 그림자가 온 얼굴에 드리워지는 게 느껴졌다. 오늘 내가 조금 과하기는 했지만 친구들 모임에서 “회사 싫어, 일하기 싫어”는 으레 나오는 이야기 아닌가. 내가 과했다고 해도 친구 입장에서 충분히 위로해줄 수 있지 않나. 지금은 왜 힘들었는지 이유도 생각이 안 나지만 그때는 친구들의 위로가 절실할 만큼 직장 생활이 고단했다.

네 번째 회사로 이직한 지 얼마 되지 않은 무렵이었다. 첫 회사는 경력 개발이 절실해서, 두 번째 회사는 내 능력을 인정해주지 않아서, 세 번째 회사는 경영 악화로 어려움을 겪어서 뛰쳐나왔는데 네 번째 회사마저 녹록지 않았다. 입사하자마자 중책을 맡고 조직 운영에 필요한 일들을 하나부터 열까지 내 손으로 해야 한다는 상황이 힘들었던 것 같다. 네 곳의 회사를 다니는 동안 친구들에게 "회사 싫어, 일하기 싫어"를 많이 외쳐왔지만 이런 반응이 나온 건 처음이었다. 내가 회사에서 얼마나 열심히 일하는지 알고 있는 친구가 그간의 노력들을 '싫어증'이라고 간단히 요약해버린 게 마음을 무너뜨렸다.

분위기가 싸늘해지자 눈치를 살피던 친구들이 우리 모임의 단골 이야깃거리인 연애로 급하게 화제를 돌렸다. 그리고 일꾼 13에게 다시 시선이 쏠렸다.

일꾼 13은 대학에서 중국어를 가르치는 6년 차 일꾼이자 취준생 시절 스터디 모임에서 만난 12년 지기 친구다. 어린 나이에 대학에서 인기 과목을 맡고 있는 부러운 일잘러이지만 친구들 사이에서는 다른 능력으로 눈길을 끌었다. 그는 핵심을 짚는 연애 상담으로 솔로 생활 12년 차 연애 싫어증 동기를 결혼의 길로 인도하고, 아슬아슬한 권태기를 보내던 싫어증 친구 커플을 다시 맺어준 일화로 유명했다. 그날 나는 마음속으로 일꾼 13에게 연애 이야기만 나누는 친구라는 딱지를 붙였다. 너와 다른 진지한 이야기는 하지 않겠다는 일종의 복수심이었다.

그 유치한 마음을 안고 자리를 일어난 뒤 하루도 지나지 않아 일꾼 13에게서 메시지가 왔다. 어제 일을 사과한다며 퇴근 후 회사 앞 고깃집에서 저녁을 사겠다는 내용이었다. 못 이기는 척 답하고, 도도한 표정을 장착한 채 그와 만났다. 상처를 주었다면 미안하다는 사과를 시작으로 그의 말은 이어졌다.

"내가 그 12년 차 솔로와 권태기 커플을 어떻게 설득했는지 알아? 이 사람은 이래서 싫고, 저 사람은 저래서 싫고, 요 사람은 요래서 싫으면 그냥 '싫어증'에 걸린 거라고. 완벽한 당신의 이상형은 존재하지 않으니 최소한의 기준을 정해놓고 그게 만족되면 그냥 만나보라고 했어."

그의 말에 담긴 의미를 알 것 같았지만 본론이 나올 때까지 고개를 끄덕이며 기다렸다.

"직장도 연애랑 똑같아. 완벽한 이상형을 품고 사는 사람들이 연애를 못 하는 것처럼 내 마음에 꼭 드는 완벽한 직장은 세상 어디에도 없지 싶어. 그래서 나는 최소한의 기준을 세워. 희생을 당연하게 여기는 직장과 일꾼 귀한 줄 모르는 곳은 과감하게 때려치울 수 있어. 대신에 최소한의 기준에 해당되지 않는 이유들은 참고 개선해보려고 해. 이래서 싫고 저래서 싫고 다 싫으면 나만 고통스럽잖아. 그래서 어제 그런 말을 한 거야. 네가 덜 힘들기를 바라는 마음에서."

꽁해 있던 스스로가 창피했다. 일꾼 13의 말이 맞았으니까. 주도권을 뺏긴 갑을 관계, 일꾼들 간에 얽힌 감정들, 업무와 성과를 놓고 벌이는 밀당 등 연애와 직장 생활은 서로 닮아 있었다. 내가 꿈꾸는 완벽한 이상형은 드라마 속에서나 존재하듯 내 마음에 드는 완벽한 직장은 현실 세계에서 찾기 어려웠다. 심지어 처음에는 좋은 직장이어도 일꾼들 간에 갈등이 생기고 싫어지는 경우는 허다했다. 재미있고 보람있던 업무도 시간이 흐르면서 지루한 일상이 되었다. 대부분의 연인들이 권태기를 겪는 것처럼.

연애에서 발견한 '타협점'이라는 해결책은 직장에서도 통했다. 타협점 찾기는 싫어증을 앓고 있는 일꾼 자신을 돌아보는 것에서부터 시작이었다. 어떤 점이 일꾼을 힘들게 하는지 따져보고 스스로 받아들일 수 있는 최소한의 기준을 세웠을 때 싫어증은 천천히 치유되었다. '인격적인 모독과 불신은 받아들일 수 없다'는 기준을 만든 후부터 나에게 집중되는 업무와 무거운 책임은 참고 받아들일 수 있게 되었다. 덕분에 네 번째 직장에서 두 해를 넘기며 일하고 있다.

직장이 싫은 이유를 다 셀 수 있을까. 마음에 들지 않는 모든 문제들이 "회사 싫어, 일하기 싫어"로 이어지면 일꾼이 더 고통스럽다. 이 사람도 싫고, 저 사람도 싫고, 요 사람도 싫으면 외로움을 받아들여야 하는 것처럼 말이다.

일 꾼 14

•

20년이 넘도록 개인 사업을 하다가
현재는 전업주부로 활동하고 있다.

"지금 하고 있는 일이 무엇이든 네가 가장 아끼고 소중하게 느끼는 것이 일의 기본."

일꾼의 기본자세를 만들어준 사람은 일꾼 14, 아빠다. 내 인생 최고의 일잘러를 꼽으라면 나는 주저 없이 아빠를 꼽는다. 아빠는 내가 어릴 때부터 늘 열심히 일하는 일꾼이었다. 개인 사업을 하기도 했고 교육업에 뛰어들기도 했다. 내가 대학생일 때 아빠가 모든 일을 하루아침에 그만두게 되었다. 허리 수술이 잘못되면서 계단을 오르거나 긴 시간 서 있는 일이 어려워졌다.

아빠는 모든 사업을 정리하고 집에 머물렀다. 그

때 우리 가족은 어떻게 하면 아빠를 위로할 수 있을지, 아빠가 일종의 패배감을 느끼지 않도록 할 것인지 고민했다. 말 한마디, 행동 하나도 조심스러웠다. 아빠가 혹여나 우울증에 걸리지는 않을지 걱정하며 모두가 살얼음판을 걸었다.

우리 가족의 예상은 모두 빗나갔다. 아빠는 집에서 아빠의 일을 찾았다. 두 딸의 간식거리를 만들고, 청소를 하고, 다림질을 했다. 주말마다 커피를 내리고, 빵을 만들었다. 원치 않았고 예상치 못한 퇴직이라고 생각했는데 아빠는 일꾼의 삶을 계속 이어나가고 있었다. 그것도 매우 즐겁게 말이다.

나는 기억한다. 아빠의 갑작스런 퇴직이 우리 집에 어떤 어둠도 가져오지 않았다는 사실을. 그게 얼마나 쉽지 않은 일인지 이제는 안다. 어느 순간 갑작스럽게 일을 손에서 놓아야 할 때의 허탈감을 나는 스물일곱 살에 알았다. 앞서 밝혔지만 인생의 첫 번째 사원증을 목에 걸고 2년 뒤 '대기 발령'을 받았다. 회사는 양수도 계약이라는 이름 아래 내가 속한 부서를 자회사에 넘겼고 그 부서 인력인 나도 함께 따라

가야 했다. 나는 부당함을 언급하며 거부 의사를 밝혔다. 돌아온 건 대기 발령이었다. 내가 앉던 책상과 의자는 인사팀 한쪽 구석으로 배치되었다. 구내식당에서 밥을 먹을 땐 알고 지내던 모든 동료들이 안타까운 시선만 보낼 뿐 누구 하나 옆에 앉지 않았다. 회사 메시지함에는 "힘내라"는 의미 없는 글들만 쌓여 있었다.

자존감이 바닥을 쳤다. 모든 게 내가 하는 일이 거지 같기 때문이라고 생각했다. 회사에서도 이 일이 보잘것없다는 걸 알기 때문에 이 같은 결정을 내린 거라고 생각했다. 만약 내가 능력이 있었다면 더 좋은 부서에 들어갔을 거라는 자책도 들었다. 그때 일꾼 14가 이렇게 말해주었다.

"너는 충분히 훌륭한 일을 하고 있어. 회사는 바꾸면 그만이야. 네가 하는 일의 껍데기만 달라질 뿐 네 일의 본질은 달라지지 않아. 지금 하고 있는 일이 무엇이든 네가 가장 아끼고 소중하게 느끼는 것이 일의 기본이야. 본인이 하는 일을 보잘것없다고 느낀다면 회사 대표가 된들 행복할까? 원래 일이라는 게 다 내가 하는 일의 대표는 나라고 생각하고 잘 키우면 되는 거야."

그때 알았다. 일꾼 14가 하루아침에 집에만 있게 되었을 때도 왜 늘 즐거웠는지. 일하는 장소, 일의 종류, 일의 껍데기만 바뀌었을 뿐 그에게 '일의 기본'은 바뀐 게 없었다. 그의 일이 눈앞에서 사라졌다고 판단한 건 내 실수였다. 그는 할 수 없게 된 일에서 손을 떼고, 잘할 수 있는 일을 찾은 것뿐이었는데 말이다.

*

내가 하는 일을 가치 있게 생각하기 시작한 것도 그때부터였던 것 같다. 이후 회사에서 작은 프로젝트를 하든 큰 프로젝트를 하든 알아주는 업무를 맡든 그것이 아니든 모든 만족도와 성취감은 나를 중심으로 흘렀다. 나의 소중한 일을 스스로 잘 해내면 기뻤고 부족한 게 보이면 채워 넣었다. 더 잘 가꾸게 되었다. 항상 반짝이는 일이 되었다. 일에게 매일 "예쁘다, 예쁘다" 말해주니 정말 더 예뻐진 것 같은 느낌도 들었다.

그러자 회사가 알아주지 않아도, 사정상 회사를 옮기게 될 때에도 자존감이 무너지지 않았다. 회사는 여러 번 바뀌었지만 일에 대한 태도는 바뀐 적이 없다. 내가 하고 싶었던 일의 본질은 콘텐츠가 가치 있는 환경을 만드는 것이었고 여전히 나는 다양한 방법으로 그 일을 하고 있다. 만약 지금 다니는 회사를 그만두게 된다 하더라도 혹은 직장 없이 혼자 일을 하게 된다 하더라도 나는 또 나만의 방법을 찾아 일을 꾸려나갈 것이라는 자신이 있다. 일의 기본이라는 것이 그렇게 어려운 게 아니었다. 일꾼 14가 인생의 큰 선물을 주었다.

•

기자로 사회생활을 시작해 현재 IT 기업에서
10년 넘게 콘텐츠 기획과 사업 개발을 이끌고 있다.

"여성 일꾼이라는 이유만으로
먼저 그렇게 낮추면 어떻게 해.
스스로의 가치를 더 높게 여겨."

이 책의 원고를 쓰면서 지금 같은 직장에 다니는 일꾼의 말을 단 한 번도 다룬 적이 없다. 괜한 오해를 불러일으키고 싶지 않아서다. 혹시나 현재 함께 일하는 동료들이 책을 읽고(부정적인 이야기든 긍정적인 이야기든) '이거 내 이야기 아니야'라는 생각에 불쾌할 수도 있기 때문이다.

일꾼 15는 이 책에서 유일하게 소개하는 현 직장 동료다. 이 일꾼의 말은 사실 아끼고 또 아꼈다. 일꾼 인생 10년이 지나는 동안 들어보리라고는 상상한 적도 없는 말이었다. 앞으로 얼마나 더 많은 일꾼의 말을 들을지 모르겠지만, 이 같은 말을 또 들을 수 있으리라는 확신은 없다.

일꾼 15는 일을 함께하는 선배이자 나를 평가하는 직속 리더다. 4년이 넘도록 함께 일을 해왔기 때문에 유독 편한 사이이기도 했다. 비슷한 경력을 밟아온 터라 생각하는 것도 비슷했다.

하지만 리더는 리더였다. 종종 위에서 떨어지는 업무로 '쪼기'도 잘했고, 매의 눈으로 빈틈을 찾아내 '지적하는 것'도 능수능란했다.

그가 또 잘하는 것이 있었다. 같이 일하는 팀원들의 프로젝트가 더 돋보일 수 있는 일을 도맡았다. 그래서 회사 내에서 해당 프로젝트가 더 많은 지원을 받을 수 있도록 끊임없이 회사 리더들에게 어필했다. 연말이 되면 공과 사를 떠나 업무만을 놓고 냉정하게 평가했다.

그와 평가 면담을 할 때마다 심장이 떨리곤 했다. 엄마 아빠처럼 1년 365일 후한 평가를 준비해 놓는 사람도 아니어서 수능 성적표를 받아 드는 느낌이었기 때문이다.

*

하지만 그해 그날의 평가 면담 때는 딱히 떨리지 않았다. 어떤 평가를 받을지 너무나 잘 알고 있었기 때문이다. 나는 그해 육아 휴직 9개월을 보내고 9월에 복직했다. 한 해 동안 일한 시간이 고작 4개월밖에 되지 않았다. 물론 복직 직후 프로젝트를 맡아 어느 때보다 열심히 일하기는 했다. 하지만 그것만으로 올해 좋은 평가를 기대하는 건 다소 과한 욕심이라고 생각했다.

일꾼 15 앞에서도 이런 나의 생각을 입 밖으로 꺼냈다. 올해는 좋은 평가를 기대하지 않는다고, 4개월밖에 일한 것이 없어서 평가가 무의미한 것 같다고. 일꾼 15가 느닷없이 버럭 했다.

"아휴, 그러지 좀 마. 왜 그렇게 본인을 낮추고 시작하는 거야? 육아 휴직 때문에 일한 기간이 짧다고 해서 평가를 낮게 받는 게 당연한 거라고? 여성 일꾼이라는 이유만으로 먼저 그렇게 낮추면 어떻게 해. 스스로의 가치를 더 높게 여겨. 그래야 다른 일꾼들이 출산하고 육아 휴직을 할 때 그런 생각을 안 해도 되는 사회 분위기가 만들어지지. 육아 휴직으로 일을 쉰 기간이 아니라 복직해서 일을 한 기간만 놓고 나는 평가할 거야."

그는 그 어느 때보다 나에게 높은 평가를 주었다. 파트에서 무조건 올해 안에 해야 했던 중요한 프로젝트를 맡아 책임감을 갖고 성공적인 결과로 이끌었다는 설명도 함께 적었다. 굳이 밝힐 필요는 없다고 생각하지만 그래도 독자들의 이해를 위해 일꾼 15의 성별을 적자면 그는 남자 리더다.

*

일꾼 15의 말을 듣고서야 깨달았다. 젠더 감수성을 지닌 일꾼과 함께 일을 한다는 것이 얼마나 큰 복인지를. 그리고 나 스스로 굳이 출산, 육아가 일에 미치는 영향 앞에서 움츠러들 이유가 전혀 없다는 것을.

내가 그렇게 마음먹는 순간 '엄마인 일꾼들'이 과거보다는 조금이라도 더 나아진 환경으로 가려 내딛는 발걸음을 무색하게 할 수 있음을.

2부

관계에 관하여

•

콘텐츠 제작을 13년간 하다
최근 창업 시장에 뛰어들었다.

"만만한 게 뭐 어때서 그래?
함께 일하는 사람들이
너의 손을 필요로 한다는 건
엄청난 힘이야."

또 나다. 회사에 새로운 업무가 생기면 그게 왜 모두 내 일이 되고 마는 건지. 내 인생의 3대 미스터리였다. 그게 중요한 일이든 자질구레한 일이든 마찬가지다. 이번에도 그랬다. 팀장이 회의 막바지에 이런 주문을 던졌다.

"실장님이 두 시간씩 일찍 출근해 해외 주재원들과 화상회의를 하실 겁니다. 우리 팀에서도 누가 참석해 회의 내용을 정리했으면 좋겠는데…."

팀원들은 애써 무시하고 있었다. 팀장의 말줄임

표 속에 있는 '누구든 빨리 자원하라'는 외침을. 팀원 중 몇몇은 갑자기 급한 일이 생긴 듯 핸드폰을 바라보았다(그냥 쿠팡 들어간 거 다 알아). 몇몇은 구멍을 뚫어버리고야 말겠다는 마음으로 책상을 노려보았다(눈이 드릴인 줄). 나는? 그냥 멍하니 있었을 뿐이다. 핸드폰을 보아야 할지 책상 구멍을 뚫어야 할지 고민하면서.

영겁 같았던 침묵의 시간이 흐르고 팀장이 다시 입을 뗐다. "일꾼 씨가 맡아볼래요?" 내 이름이 거론된 순간 수많은 거절 사유들이 머릿속을 스쳐 지나갔다. 집이 멀어서 다른 사람들보다 일찍 일어나야 하는데, 지난번 팀 프로젝트도 내가 하고 있는데, 두 시간 일찍 퇴근시켜주면 생각해보겠다 등등.

"네, 알겠습니다."

내 입에서 나온 대답을 내 귀로 들으면서 스스로 기가 막혔다. 핸드폰을 보던 동료들은 어느새 급한 일이 사라졌는지 고개를 들었다. 다행히 책상 구멍도 뚫리지 않았다. 회의실을 나오는 내 발걸음만 무거웠다.

이런 일은 꼭 내 차지였다. "도를 아십니까?" 사람들은 수많은 인파 속에서도 나를 찾아내 팔뚝을 붙잡았다. 친구들이 모일 때 약속 시간과 장소를 정하는 일은 자연스럽게 나에게 왔고 결혼식장에서는 수십만 원, 많게는 100만 원가량의 축의금을 봉투에 나눠 담느라 진땀을 흘리기도 했다. 그렇다, 나는 '만만한 사람'이다.

험난한 취업난을 뚫고 입사한 직장에서도 마찬가지였다. 까칠해지자는 다짐은 동료 일꾼들의 얼굴만 보면 아득해졌다. 일꾼들의 부탁이나 요청에 나의 답은 둘 중 하나였다. Yes or Yes.

시작은 회식 장소 예약과 회의 일정 조율 등 소소한 부탁이었다. 전화 한 통, 단톡방 공지 한 줄 올리는 게 뭐 힘들까 싶어 흔쾌히 들어준 부탁은 선배의 기획을 서포트하거나 모두가 기피하는 프로젝트를 떠맡는 일로 되돌아왔다. 누구보다 공평해야 하는 팀장도 나를 콕 짚었다. 덕분에 나는 항상 일 더미에 파묻혀 있었다. 원치 않은 조근과 야근을 하며 거절하지 못했던 과거의 자신을 원망했다. 까칠한 내 모습에 당황할 동료 일꾼들의 표정을 상상하며 나 홀로 스트레스를 풀기도 했다.

스스로 자존감을 깎아 먹고 있을 무렵, 처음으로 '만만해도 괜찮다'고 이야기해주는 사람을 만났다. 부서가 달라 곁눈질로 보아왔던 그는 다른 회사 사람들도 이름을 알 정도로 업무 능력이 뛰어난 고참 선배였다. 그런 선배가 나에게 전한 말은 직장 생활을 하면서 쌓아왔던 부정을 긍정으로 뒤바꾸어놓았다.

"만만한 게 뭐 어때서 그래? 정말 무서운 사람은 여려 보이는데 속이 강한 사람이잖아. 만만한 사람이 그래. 주위 사람들의 요청과 부탁을 내재화하면서 만만한 일꾼들 속에는 업무 내공이 쌓이지. 내공이 쌓이니 일을 잘하게 되고, 일을 잘하니까 업무가 몰리게 돼. 함께 일하는 사람들이 너의 손을 필요로 한다는 건 엄청난 힘이야."

*

선배의 이야기를 듣고 내가 함께 일하고 싶은 일꾼을 떠올려보았다. 손을 내밀었을 때 잡아주는 일꾼이지, 거절당할 가능성이 큰 '예민보스'는 아니었다. 다른 일꾼들 생각도 크게 다르지 않을 거다. 흔히 일거리가 없는 회사는 가지 말라고 조언한다. 고객이든 거래처든 아무도 그 회사에 일거리를 주지 않으면 문을 닫을 수밖에 없으니. 일꾼도 그렇다. 아무도 찾지 않는 일꾼은 직장 생활의 위기에 처해 있는 것과 같다.

만만한 일꾼들은 주위 사람들과 일을 주고받으면서 정보와 내공을 쌓는다. 또 계획한 게 아니었더라도(영리한 일꾼은 알고 있겠지만) 그들은 앞으로의 직장 생활에서 유용하게 쓰일 평판을 만들어나가고 있다. 그래서 만만한 일꾼들은 절대 만만하지 않다. 회사에서 일부러 고슴도치처럼 가시를 세울 필요가 없다. 결국 그 가시에 상처 입는 건 본인이 될 수 있으니까.

수십 년간 IT 기술 분야를 연구해 성과를 냈고,
현재는 그 성과를 기반으로 강연을 하고 있다.

“일이 좋으면 저절로
관계도 좋아지겠죠.
그걸 억지로
애써 하실 필요는 없어요.”

사회생활을 시작하고 처음 2~3년간은 사람과의 관계가 일의 전부라고 생각했다. 회사 동료가 아니더라도 한 번이라도 미팅을 했다면 꼭 문자로 안부를 묻거나 식사 약속을 잡았다. 상대방이 응할 때도 있었고, 다음 기회에 먹자고 무기한 연기할 때도 있었다. 그때는 그래야 한다고 생각했다. 언제 어디서 또 만날지 모르니 관계를 잘 만들어두어야 한다는 생각, 지금 일이 틀어지더라도 후일을 도모하기 위해 가까운 상태를 유지해야 한다는 생각에 사로잡혀 있었다.

그렇게 쌓아둔 인맥이 재산이라고 생각했다.

일꾼 17은 업무상 만난 파트너였다. IT 기술에 대한 칼럼을 6개월간 연재하게 되었다. 그 당시 머릿속에서 흘러간 계산법은 이랬다. ① 이 일꾼은 중요한 필진이라서 계약 기간까지 별 탈 없이 연재를 이어가야 한다. ② 그러기 위해서는 초반부터 관계를 잘 다져야 한다. ③ 연재 시작 전에 (그놈의) 밥 한 끼 먹는 자리를 마련하자. ④ 연령대가 꽤 있으니 술도 곁들이면 더 효과가 좋을 것이다. ⑤ 연재 계약서에 사인을 하는 날, 저녁 식사 자리까지 마련해야겠다.

계산이 끝난 뒤, 일꾼 17에게 저녁 식사가 가능한 날짜를 물었다. 워낙 바쁜 분이라 날짜 잡는 게 어려웠다. 연말이라 대부분의 일식집은 예약이 어렵기도 했다. 결국 미팅 날짜를 이리 뒤집었다 저리 뒤집는 게 두세 번 반복되었다. 죄송한 마음을 담아 문자를 보냈다. "일꾼 님, 연말이라 시내 쪽은 저녁 예약 잡기가 어렵네요. 혹 일꾼 님 사무실 근처에 좋은 곳 있으면 소개해주세요. 제가 그쪽으로 가겠습니다."

답변이 왔다.

일 꾼 17

"너무 애쓰지 말아요. 저는 술도 안 마시고요. 저녁 약속은 잘 잡지 않습니다. 저는 일꾼 님과의 관계를 보고 이 일을 하는 게 아니라 이 일이 필요하고 좋아서 하는 거예요. 일이 좋으면 저절로 관계도 좋아지겠죠. 그걸 억지로 애써 하실 필요는 없어요."

문자를 보는 내내 얼굴이 화끈거렸다. 오버했구나 싶었다. 일보다 관계를 앞세우는 아마추어가 된 것 같았다. 일꾼은 일로 이야기하면 되는 것이었는데 말이다.

생각해보니 나는 학생 때 그렇게 '관계'에 집착하는 부류가 아니었다. 친구 무리를 만들고 무리에 들기 위해 눈치 싸움이 팽팽했던 1학기 초에도 나는 '친구를 사귀어야 한다'는 강박을 못 느꼈다. 의도적인 건 아니었지만 단순히 밥을 혼자 먹기 싫어서, 외톨이가 되는 게 싫어서 억지로 친구를 만드는 일이 왠지 껄끄러웠다. 이것 또한 예상한 일은 아니었지만, 꼭 그렇게 형성된 친구 무리들은 시간이 지나면 싸우거나 이탈자가 생기거나 소외되는 친구가 생기기 마련이었다. 1학기 초의 그 팽팽하던 분위기가 지나고, 서로가 서로의 성향을 알게 될 즈음 자연스럽게 나와 맞는 친구들이 내 주변에 모였다. 그런 자연스러운 관계가 좋았다.

그랬던 내가 어쩌다 일적인 관계에 신경을 쏟게 된 걸까. 사회생활을 할 때는 이래야 한다라는 걸 책으로만 배운 탓일까. 드라마를 너무 많이 본 탓도 있겠지. 우르르 몰려가서 커피를 마시는 무리에 끼지 않으면 정보에서도 뒤처지고, 업무에서도 밀리는 그런 캐릭터에 빙의된 것이다. 드라마에서는 그런 캐릭터가 꼭 낙오자처럼 그려졌는데, 나는 그런 비운의 캐릭터가 되고 싶지는 않았나 보다.

*

일에 있어서의 관계는 그저 '일' 그 이상도, 그 이하도 아니다. 사적인 관계, 사심, 코드가 잘 맞음, 이런 접근은 곱게 접어 가방에 넣어두자. 아무리 코드가 잘 맞아도 일할 때 안 맞아서 머리채 잡는 경우도 여럿 보았고, 사무실에서는 매일 싸우는데 술자리에서는

형 동생, 누나 동생 하는 사이도 여럿 보았다. 그저 일을 하다가 자연스럽게 가까워지게 혹은 멀어지게 내버려두면 될 뿐이다. 억지로 노력한다고 해서 될 일도 아니고.

일이 즐겁고, 동료로서 잘 맞으면 내 옆으로 일도, 동료도 오게 되어 있다. 그러면 그때 내가 조금 더 다가가면 된다. 일로 판단하기 이전에 관계를 위해 너무 애쓸 필요는 없다는 말이다.

•

영화 배급사에서 제작 투자,
마케팅 업무를 배우며 5년 정도 일했다.
현재는 영화 배급 마케팅 프리랜서로
4년째 일하고 있다.

“대단해 보이는 부장님도 밖에서 보면 다 아저씨고 아줌마야.”

어렸을 때부터 나는 이상하게 어른들이 어려웠다. 초등학교 1학년 때는 담임선생님한테 화장실 가고 싶다는 소리를 못 해서 교실 바닥에 선 채로 실수한 적도 있다. 낯가리고 소심한 성격이라고 단정짓기에는 학창 시절 내내 반장을 도맡아 했던 것을 설명할 길이 없다. 반장을 하면 학급 회의를 진행해야 했는데, 이때도 담임선생님이 지켜볼 때와 지켜보지 않을 때 마치 ‘지킬과 하이드’처럼 다른 사람이 되었다.

사회인이 되니 이런 나의 증상은 ‘부장님 울렁

증'으로 발현되었다. 리더급 상사 앞에 서면 등에 땀이 흘렀다. 평소에는 센스 있게 잘만 받아치던 농담도 부장님 앞에서는 어색한 웃음으로 뭉개는 것 말고는 할 수 있는 일이 없었다. 여러 팀원들 앞에서 하는 프레젠테이션보다 상사를 코앞에 두고 던지는 농담이 더 진땀 나는 기분을 알까.

한 부장님은 커피 한 모금 마시기 어려워하는 나를 보면서 이런 드립을 날렸다.

"어머, 일꾼 씨는 커피 한 잔 사면 한 달은 두고 두고 마시겠어. 좌하하."

어쩌자고 나는 상사 앞에서 커피 한 모금도 마시기 어려웠던 것인가. 아침에 일어나 발견한 원효대사 해골 물도 아닌데. 언젠가 다른 회사에서 일하는 일꾼 18에게 이런 고민을 털어놓을 자리가 있었다. 그런데 이 일꾼이 1초도 고민하지 않고 하는 말.

"아니, 그런 걸 뭘 고민해. 대단해 보이는 부장님도 밖에서 보면 다 아저씨고 아줌마야. 너 시장에서 만나는 아저씨 어려워? 아줌마 어려워? 안 어렵지?"

오, 그렇군. 신박한 접근법이었다. 그러게. 회사

딱지 떼고 밖에서 보면 스쳐 지나가도 모를 사람들인데 (그도 아줌마 아저씨, 나도 아줌마 아저씨일 뿐) 회사에서는 뭐가 그렇게 어려운 걸까. 내 연봉을 결정하는 사람이라서? 그보다는 어쩌면 내가 꽤 '인정 욕구'가 있는 사람이기 때문일 수도 있겠다. 나에 대한 평가를 인식한 일종의 욕심 같은 것이 울렁증을 불러오지 않았을까. 부장님이 내 평생의 평가를 책임지는 것도 아닌데 말이다. 게다가 그 평가 하나로 나의 1년을 규정하기에는 너무나도 빈틈이 많지 않은가.

돌이켜 생각해보면 부장님 울렁증이 나의 직장생활에 큰 도움이 되는 게 없었다. 오히려 어필할 타이밍을 놓쳤다는 역효과와 절대 가까워질 수 없는 어색함만 불러왔을 뿐. 그렇다면 답은 하나다.

눈앞의 부장님이 업계를 주름잡는 레전드 같은 분일지라도 '슈퍼 앞에서 만난 아저씨 아줌마'라 생각하자. 살갑게 말도 붙이고 그러는 거다. 야쿠르트 한 잔도 권하고, 떡볶이 먹으러 가자고도 해보면서 말이다. 너무 스스로 되뇐 나머지 부장님께 "아저씨"라거나 "아주머니"라고만 안 부르면 되지 않은가.

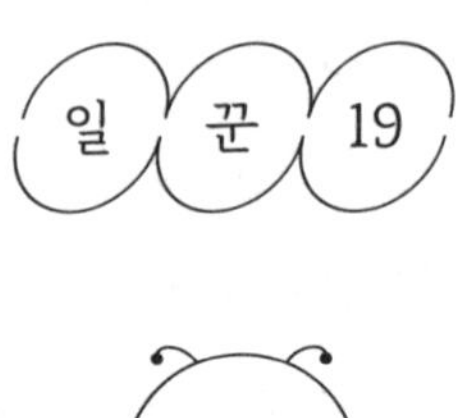

•

10년째 직장 생활을 하고 있다.
홍보 콘텐츠 제작이 주 업무다.

"모두가 나를 좋아할 수는 없다는 당연한 사실을 인정하는 게 왜 그렇게 힘들었는지 모르겠어요."

결국 사람 간의 일이다. 흔히 일꾼들은 '직장 생활을 한다'고 표현한다. 직장이라는 조직에서 구성원으로 활동을 한다는 의미다. 그래서 일꾼들의 일은 '일' 그 자체가 아니라 사람들과 부대끼는 '활동'에 가깝다. 전 직장 동기, 일꾼 19를 지난 10년 동안 괴롭힌 것도 일이 아니라 사람이었다. 지지고 볶고 상처받고 속앓이하며 그가 얻은 일사이트는 이렇다. 모두가 나를 좋아할 수는 없다.

"너 참 천박하다."

부장이 내지르는 고함에 사무실에 있던 일꾼들의 시선이 그에게 쏠렸다. 그는 빨갛게 달아오른 얼굴로 옷차림을 훑었다. 치마를 입기는 했지만, 무릎까지 내려오는 적당한 기장이었다. 얼떨결에 상스러운 말을 내뱉은 것도 아니었다.

나중에야 밝혀졌지만, 그날 부장의 눈에 천박하게 보였던 것은 다름 아니라 일꾼 19가 쓴 글의 문장 배열이었다. (그럴 거면 주어에 '너'가 아니라 '문장'이 들어갔어야지!)

부장은 유독 일꾼 19를 싫어했다. 이유는 없었다. 점심시간마다 2000원을 던져주고 두유와 단팥빵을 사 오라고 시켰다. 화가 난다는 이유로 물건을 던지기도 했다. 기가 막혔다. 물건에 맞았으면 노동부에 신고라도 했을 텐데, 그는 아무도 없는 곳에 물건을 던져 공포 분위기를 조성했다.

*

그럴 때마다 일꾼 19는 회사 화장실에서 변기 물을 내리며 세상이 무너진 것처럼 울었다. 그렇게 그 부장과 3년을 보냈다. 당시에는 답이 환생밖에 없는 줄 알았다.

하지만 그는 시간이 지나면서 자연스럽게 부장이 만들어놓은 지옥을 빠져나왔다. 부장에 대한 감정은 부서 이동 후 무뎌졌고, 이직 후에는 사라졌다. 시간이 지나자 별거 아닌 일이 되었다. 처음에는 받아들이기 어려웠던 일이 이제는 웃으면서 이야기할 수 있는 에피소드가 되었다.

"회사에 나를 싫어하는 사람이 있다는 사실을 인정하는 게, 모두가 나를 좋아할 수는 없다는 당연한 사실을 인정하는 게 왜 그렇게 힘들었는지 모르겠어요."

이후 총 세 곳의 직장을 옮기면서 수많은 일꾼이 일꾼 19 곁을 스쳐 갔다. 공을 가로채는 선배, 악의적인 소문을 퍼뜨리고 다니는 동기, 말을 비꼬아 듣는 후배 등등.

"처음에는 '대체 이 사람이 왜 나를 싫어할까' 싶어 이유를 찾았죠. 어떤 사람이 나를 싫어한다는 사실을 인정하기가 힘들었어요. 그런데 받아들이고 나면 더 이상 감정 소모에 에너지를 쓸 필요가 없어져요. 일만 하기도 힘들잖아요."

*

그렇다. 평생을 함께하는 가족과도 마음 상하는 일이 생기는데, 생판 몰랐던 사람들이 한 직장에서 일하며 갈등이 없다는 건 사실 불가능에 가깝다. 나 역시 사람 탓에 직장 생활의 위기를 겪어왔다.

일꾼 19의 부장처럼 이유 없이 나를 괴롭히는 상사도 있었고, 내 아이디어를 비판하고는 회의 시간에 자기 것처럼 발표하는 동기도 있었다. 이들 때문에 주저앉았으면 내 직장 생활과 커리어는 엉망이 되었을 것이다. 회사는 학교가 아니기에 다 큰 성인들에게 인성과 도덕 교육을 할 수 없다. 내 곁을 스쳐 간

이들은 시간이 흐르면서 잊혀질 뿐이고, 나는 내 일을 하며 성장해나가면 된다.

이렇게 생각하면 마음이 조금은 편할 듯하다. 사람의 마음은 비례한다고. 내가 싫어하는 사람의 수만큼 나를 싫어하는 사람이 있다고 생각하면 조금 덜 상처받지 않을까.

•

최근 스타트업으로 인생 첫 이직에 성공했다.
현재 콘텐츠팀을 이끌고 있는 10년 차 일꾼이다.

“결국 동료 평가라는 건 본인 평가이기도 한데 말이야.”

일 처리가 두루뭉술한 것을 잘 견디지 못한다. 함께 입사한 동기, 일꾼 20이 딱 그랬다. 회의에서 의견을 물으면 “그래도 좋고요” 이상의 답변이 없었다. 뭔가를 결정할 상황에서도 “그래도 되고요”가 끝이었다. 그 동기와 딱히 가까워지지 못한 상태로 동료 평가의 시간이 찾아왔다.

기회는 이때다 싶었다. 참고 참아왔던 이 분노를 동료 평가에 모두 쏟아내주마! 어디 한번 끝까지 가보자! 분노의 평가를 써내려갔다. 이 동기와는 함께 일하고 싶지 않으며, 늘 의견이 불분명하여 동료들에게 피해를 주며….

*

이렇게 나는 '쓰레기'를 자처하는 듯싶었다. 급브레이크를 걸게 된 이유는 무척이나 단순했다. 만약 이 동료 평가가 유출되면 어떻게 하지? 어찌 되었든 누군가는 보게 될 거고 그러면 이걸 보는 사람에게 나는 진짜 쓰레기가 되겠는걸. 혹시나 내 평가가 이 동료의 앞길을 막는다면 나는 한 사람의 인생을 망치는 건가?

이런 생각에 미치자 노트북에서 다급히 전체 복사 버튼(Ctrl+A)과 삭제 버튼(Del)을 눌렀다. 그러고는 고쳐야 하는 점과 장점을 적절히 섞어 객관적인 평가를 하는 것으로 동료 평가를 마무리했다. 이 일은 인생에서 매우 찰나와 같은 순간이라 금방 잊혔다.

기억이 다시 떠오른 건 5년 뒤였다. 계기는 연말

동기 모임. 5년 사이 각자의 길을 걷게 된 우리는 정말 서로 다른 길을 걷고 있었다. 카페 사장님이 된 동기, 스타트업을 꾸린 동기, 프리랜서로 일하고 있는 동기 등 아주 다양했다.

*

오늘의 주인공인 일꾼 20은 스타트업의 리더가 되어 있었다. 열 명 정도를 이끄는 팀장이라고 했다. (오, 많이 컸어!) 팀장이 된 지는 딱 1년째. 최근에 팀원들의 연말 평가를 마쳤다고 했다. 한숨이 이어져 나왔다.

"한 사무실에서 같이 일하고 있는 동료들인데 왜 그래야 할까?"

무슨 일이냐고 물었다.

"누군가에 대해 험담에 가깝게 써놓은 평가 내용을 보았어. 팀장인 나에게 그 동료가 얼마나 무능력한지를 알리고 싶었나 봐. 그런데 나는 오히려 그 직원이 더 안 좋게 보이더라고. 왜냐하면 같은 사무실에서 함께 일하는데 이렇게까지 적어야 했을까 싶어서. 결국 동료 평가라는 건 본인 평가이기도 한데 말이야. 이 사람이 함께 일하는 사람을 얼마나 객관적으로 평가하고 포용하고 있는지를 한눈에 알려주는 거잖아. 동료를 욕하는 건 자기 얼굴에 침 뱉기나 다름없어."

딱 5년 전의 내가 떠올랐다. 아, 나도 그럴 뻔했지. 동료 평가라는 게 그렇다. 결국 내 얼굴에 침을 뱉는 일이다. 스스로 화를 감당하지 못하고 동료의 험담을 풀어놓을수록 나도 함께 망가지게 된다.

만약 내가 그때 처음 쓴 동기 평가를 그대로 제출했었다면 어땠을까. 나는 일꾼 20의 얼굴을 편하게 쳐다볼 수 있었을까. 팀장은 동기의 고쳐야 할 점보다 이 평가를 적어낸 나의 충동적이고 야만적인 행동에 더 눈살을 찌푸리지는 않았을까.

*

연례행사인 연말 평가가 돌아올 때마다 마침 짜증 났던 일도 생각나고, 동료의 단점이 유독 눈에 띌 수도 있다. 당연히 하고 싶은 말도, 쓰고 싶은 말도 많을 것이다. 하지만 내가 쏜 그 화살이 돌고 돌아 언젠가 나에게 꽂히지 않으려면 이성을 꼭 붙잡아야 한다.

•

신기술을 다루는 작은 기업에서
사업 제휴를 맡고 있는 8년 차 직장인이다.

“회사를 다닐 땐
자기만의 감정 쓰레기통을 만들고,
그곳에서 화를 풀어야 해요.”

그간의 직장 생활에서 없애고 싶은 암흑기가 있다면 그때가 아닌가 싶다. 그때의 나는 하루걸러 한 번꼴로 화가 나 있었다. 사무실 한가운데서 뚱하게 말이다.

“이번 주말에 있는 행사, 일꾼 씨가 좀 커버해줄래요?”

부탁이라 쓰고 명령이라 읽는 단톡방 메시지를 보고 속이 부글부글 끓어오르기 시작했다. ‘또 나야? 주말에 일하기 싫은 건 나도 마찬가지라고, 이 인간

들아!' 내뱉지 못한 말을 속으로 삼키고 있을 때, 건너편 책상에서 동료들의 웃음소리가 새어 나왔다.

나도 모르게 땅이 꺼지게 한숨을 쉬었다. 웃음소리가 멈추고 나에게로 시선이 쏠리는 게 느껴졌다. 잘되었다 싶었다. 내 기분이 나쁘다는 걸 동료들도 알 필요가 있었다. 키보드를 일부러 소리 나게 두드리고, 한숨을 주기적으로 내쉬었다. 화장실에서 만난 동료가 내 기분을 살피는 듯한 제스처를 취할 때는 차가운 눈빛을 던지고 자리로 돌아왔다. 퇴근 시간까지 내 곁에 다가오는 용기 있는 일꾼은 아무도 없었다.

그날 밤, 난 잠을 이루지 못했다. 찜찜한 느낌이 마음을 괴롭혔다. 그저 내 기분이 나쁘다는 걸 알아주기를 바랐을 뿐인데, 속이 시원하기는커녕 더 답답했다. 사무실 바닥에 뱉었던 한숨들과 화장실에서 던졌던 차가운 눈빛이 후회되었다.

*

인간은 망각의 동물이라 했던가. 그 괴로웠던 밤은 금방 잊혀졌고, 사무실에서 기분이 상할 때마다 곧 후회할 행동들을 습관처럼 되풀이하고 있었다. 일꾼 21의 초고속 승진을 다 같이 축하하기 위한 자리가 있기 전까지.

“팀장으로 승진한 건 좋지만, 요즘이 제일 힘들어요. 한 팀원이 업무 분위기를 다 망쳐놓고 있거든요. 뭐 하나 마음에 안 드는 일이 있으면 미간에 주름을 바짝 잡고, 마우스를 하루에도 몇 번씩 책상 위로 던져요. 지금 짜증 났다는 거죠. 문제는 팀원들이 이 일꾼 눈치를 보게 하고, 사기를 뚝 떨어뜨려놓는다는 거예요. 회사 막내일 때부터 팀장인 지금까지 직장 생활을 하면서 본 일꾼들 중 가장 같이 일하기 힘든 유형인 것 같아요.”

이전 직장의 후배였던 일꾼 21은 늘 함께 일하고 싶은 동료로 손꼽혔다. 이 일꾼이 퇴사할 당시 상사들이 돌아가면서 만류할 정도였다. 이직한 곳에서도 동료들의 인정을 받고 입사 1년여 만에 팀장으로 승진한 그는 축하 자리에서 직장 생활의 고민을 토로했다. 그의 말이 길어질수록 내 얼굴은 점점 더 달아올랐다. 팀 분위기를 망치고 있는 주범이 나와 똑 닮아 있었으니까.

"그 일꾼도 풀 곳이 없으니까 그런 거 아닐까? 직장 생활이 힘든가 보다."

변명하듯 말하자 그의 답이 돌아왔다.

"감정 쓰레기통을 만들어야죠. 회사 화장실이든, 근처 카페든 가급적 동료 일꾼들의 눈이 닿지 않는 곳에요. 회사를 다닐 땐 자기만의 감정 쓰레기통을 만들고, 그곳에서 화를 풀어야 해요. 단체 업무 공간인 사무실에서 동료 일꾼들 힘들게 하지 말고요."

내가 처음 사무실에 감정 쓰레기를 버린 날, 잠을 이루지 못했던 것도 이 때문이 아니었을까. 내 행동이 동료들을 등 돌리게 하고, 결국 스스로를 고립시킨다는 걸 알고 있었던 것 같다.

일꾼 21과의 만남 뒤로 나는 회사 인근의 작은 공원에 감정 쓰레기통을 만들었다. 공원 벤치에 앉아 차가운 하드를 깨물며 내가 왜 화가 났는지 생각을 정리해보면 십중팔구 일시적인 분노였다.

직장 생활에서는 솔직한 편이 낫다. 하지만 서로에게 상처만 주고 사라질 일시적인 분노는 드러내지 않는 게 건강한 관계를 이끈다. 일시적인 분노를 공원에 묻어둔 후부터 밤에 이불킥을 하는 횟수가 점점 줄어들었다. 일꾼 21이 추천해준 쓰레기통 스킬 덕분에 10년째 동료들을 곁에 두고 직장 생활을 하고 있다.

•

사람들이 원하는 정보를 파악하고
이를 콘텐츠로 제공하는 일을 13년간 해왔다.
현재는 공공 기관에서 홍보 콘텐츠를 기획하고 있다.

"자존감을 갉아먹는 일꾼은 손절해야 돼."

새해를 닷새 앞둔 2018년 12월 27일, 국회에서 이른바 '직장 내 괴롭힘 방지법'이 통과되었다는 뉴스를 보고 가장 먼저 그를 떠올렸다. 사적인 용무를 지시하던 부장도 아니고, "너는 대학이 딸려서 더 많이 일해야 돼"라고 말한 독설가 선배도 아니었다. 그때 내가 떠올린 인물은 첫 직장에서 만난 동갑내기 일꾼이었다.

동갑내기 일꾼과 만나면 마음이 복잡했다. 만나서 이야기를 나눌 때는 웃고 떠들고 유쾌했지만, 퇴근길에는 마음 한편에 남아 있던 그의 말들이 몸 안을 쿡쿡 쑤시며 돌아다녔다. 그리고 집에 도착해서는 우울해했다.

그렇게 7년을 가깝게 지냈다. 이 관계가 이상하다는 걸 알게 된 건 같은 팀 선배였던 일꾼 22의 말 덕분이었다. 선배가 회사의 새 서비스를 기획할 TF팀의 멤버로 발탁된 일이 있었다. 그 TF팀에서 일하는 건 회사에서 능력을 인정해주었다는 의미이기도 했고, 커리어를 업그레이드할 수 있는 기회였기 때문에 많은 일꾼들이 이 자리를 노렸다. 일꾼 22가 당연히 기뻐할 줄 알았는데, 축하해주러 간 내가 난감할 정도로 표정이 어두웠다.

"파티를 벌여도 모자랄 판에 왜 그런 표정을 하고 계세요?"

"속상해서 그래. 한 일꾼이 조금 전에 내 기분을 다 망쳐놓고 갔거든. 굳이 내 자리까지 찾아와서 'TF팀 갔다가 금방 잘리는 일꾼 많으니까 몸 사려야 한다'고 말하고 가더라고. 동료를 떠나 좋은 사람이라고 생각했는데, 자꾸 내 자존감을 깎아내려. 이제 그 일꾼과는 선을 그을 때인가 봐."

어떤 위로의 말을 건네야 할지 몰라 "잘 모르면 TF팀을 그렇게 생각할 수도 있다"고 다독이자, 일꾼 22가 단호하게 말을 이어갔다.

"그 일꾼은 힘들 때는 잘 위로해주는데 좋은 일은 축하해주지 않아. 이런 일꾼은 빠르게 손절해야 돼. 대개 내 자존감을 갉아먹으며 행복해하는 가짜 친구거든. 친하다고 내 자존감에 상처를 낼 수 있는 건 아니야. 나를 정말 존중하는 사람이라면 나 스스로 자존감을 깎아내리게 하지는 않을 거야."

모두에게 친절한 편이었던 일꾼 22는 그날 이후 한 일꾼에게만 유독 차갑게 대했다. 점심시간이 끝날 무렵 회사 카페에서 자주 마주쳤던 두 일꾼의 투 샷은 더 이상 보이지 않았다.

*

돌이켜보면 나의 동갑내기 일꾼도 그랬다. 그는 특히 좋은 일이 있을 때 나를 우울하게 만들었다. 같은 회사에 다닐 때는 칭찬받은 내 기획안을 악평했고, 이직할 때는 새 회사의 혹평을 모아 보여주었다. 공들여 쓴 책이 나오면 마음에 안 드는 구절을 형광펜으로 칠해 보내왔다.

화려한 이모티콘과 축하의 말 사이에서도 이 일꾼이 보낸 메시지의 존재감은 강력했다. 그때마다 한참 내용을 곱씹어보다 '그렇게 생각할 수 있다. 합리적인 의심이다'라고 결론냈지만, 날아갈 듯한 기분은 정말 날아가 버렸다. 그리고 여느 때와 다름없이 우울한 감정이 엄습해왔다. 이렇게 자존감을 갉아먹는 일꾼은 위로에는 적극적이었지만, 칭찬과 축하에는 유독 인색했다.

이런 일꾼을 만나 상처받은 건 나와 일꾼 22만이 아닐 거다. 정글 같은 직장 생활에서 일꾼들은 따뜻한 위로에 끌리고, 그렇게 준 마음에 상처를 입는 건 흔한 일이니까. 그때는 이렇게 생각하는 게 마음 편하다. 우리 관계의 '유통 기한'이 다한 것뿐이라고.

❝

친하다고 내 자존감에

상처를 낼 수 있는 건 아니야.

두 곳의 출판사에서 5년여를 일한 뒤
기획 프리랜서로 활동하고 있다.

“입으로만 일하는 사람을 가장 먼저 경계했어야지.”

“여기 대표가 트렌드를 잘 아는 모양이야. 연예인 누구랑도 같이 일해보고, 관련 책도 쓰고, 여기저기 강연에 얼굴도 많이 보이더라고. 페이스북 팔로워 수도 많던데.”

프로젝트 파국의 시작이었다. 사진과 영상을 담당해줄 대행사를 찾던 중 지인의 추천을 받았다. SNS에 자신의 의견을 많이 올리면서 눈에 띄었는데 꽤 괜찮아 보인다는 평이었다. SNS에 공개된 연락처를 통해 미팅을 잡았다. 역시나 아는 것도 많고, 프로젝트에 여러 조언을 해주며 이미 업무에 참여한 것 같은 열정도 보였다. 요즘 이런 콘텐츠들이 망하고, 이런 풍의 영상이 대세이며 이런 스타일의 사진이 있어야 한다는 등 예상치 못한 프레젠테이션급 미팅이었다. 바로 계약을 맺고, 프로젝트를 함께하기로 했다.

이 글을 읽는 독자가 모두 예상하듯 결과는 대폭망이었다. 프로젝트에서 필요로 한 것이 '짜장면'이었다면, 대행사 대표는 '프리미엄 해물 삼선 XO 전복 짜장 볶음'을 들고 왔다고 해야 할까. 예산이 초과된 것은 물론이고, 계속 요즘 트렌드에 맞는 촬영 기법을 써야 한다고 고집하는 바람에 커뮤니케이션 비용은 배로 들었다. 결국 조율을 거쳐 가져온 결과물은 이도 저도 아니어서 중간에 계약을 해지하는 상황까지 벌어졌다. 누구를 탓할까. 입으로 장황하게 일하는 대표의 말에 넘어간 내가 원흉이었다.

그 순간 가장 먼저 떠오른 건 일꾼 23이었다. 출판 관련 프리랜서로 일하고 있는 일꾼은 친한 친구 중 한 명이다. 친구가 기획한 몇몇 프로젝트는 잘 알려진 것들이었는데, 실제로 그 일을 일꾼 23이 했다는 걸 아는 사람이 드물 정도로 자신보다는 작업물이 알려지는 걸 훨씬 더 선호하는 스타일이었다.

일꾼 23에게 전화해 상황을 설명했다. 조금 기다려보라더니 잠시 후 긴 카톡이 왔다. 카톡에는 영상, 사진을 맡아줄 수 있는 담당자들의 작업물과 '일하는 속도는 느리지만 완벽' '꼼꼼해서 두 번 작업하는 일이 없음' 같은 코멘트가 적혀 있었다. 그리고 다시 전화가 걸려왔다.

"내가 두 번 세 번 함께 일해본 사람들이라서 믿고 작업해도 좋을 거야. 입으로만 일하는 사람을 가장 먼저 경계했어야지. 셀프 브랜딩의 허상에 또 속았네, 네가."

알면서도 속을 수밖에 없는 게 이미지다. 일꾼의 세계에는 '셀프 브랜딩'이라는 그럴싸한 포장지가 늘 존재하고, 그 포장지를 걷어내기 전까지는 실제 실력을 알기가 어렵다. 뭐든 다 아는 것처럼 구는 사람은 많지만 함께 일을 해보면 그 실체가 드러나는 경우가 많다. SNS를 통해 자신의 상황, 배경, 실력을 과대 포장하는 것이 가능해지면서 셀프 브랜딩이 사기에 근접하는 수준까지 도달하기도 한다.

*

일꾼 23은 요즘 같은 시대를 살아가는 일꾼의 시선은 조금 더 날카로울 필요가 있다는 이야기를 했다. 오히려 SNS에서 너무 자신을 드러내는 일에 급급하거나 강의나 책 등으로 얼굴을 알리는 일에 더 치중하는 사람은 일단 경계하고 본다고 했다. 그런 사람은 '자신의 일을 얼마나 성실하게 잘해냈느냐'보다는 '이 일이 나를 얼마나 더 유명하게 할지'를 먼저 계산하는 경우가 많았다는 게 그의 결론이었다.

일꾼 23은 함께 일해본 경험이 있는 사람들의 추천을 받거나 두세 번 많게는 열 번의 미팅을 통해 직접 함께 일할 일꾼을 정한다고 했다. 그렇게 한번 라포가 형성된 동료 일꾼들이 더욱더 소중하고, 그래서 아끼게 된다고. 마치 진흙 속 진주들 같아 보인다나.

뭐든 겪어보아야 안다. 일꾼의 세계는 그렇다.

일 꾼 23

그리고 우리 스스로도 한번 돌아볼 필요가 있다. 나는 다른 일꾼들에게 과대 포장되어 있지는 않은지, 그것이 그 일꾼들의 허탈함과 비용 낭비로 이어질 가능성은 없는지.

아무리 화려한 포장지여도 결국 벗겨지기 마련이다. 그것이 포장지의 운명이다. 내 민낯이 드러났을 때 서로가 얼굴 붉히지 않을 수 있도록 준비하는 것이 요즘 시대 일꾼의 매너가 아닐까.

•

언론사, 공공 기관을 거쳐 현재 신기술을 다루는
IT 업체에서 사업 전략을 맡고 있다.

"사람을 먼저 챙기면
일은 결국
다 잘 풀리게 되어 있어."

내 주변에서 일꾼 24만 한 '일잘러'를 본 적이 없다. 주변에서 함께 일할 동료를 추천해달라는 부탁을 받으면 1순위는 이 일꾼이었다. 일꾼 24와는 같은 직장에서 혹은 다른 직장에서 10년째 연을 이어오고 있는데, 모두가 하나같이 입을 모아 "정말 일을 열심히 잘한다"고 평가한다.

옆에서 보기에도 어려운 일을 척척 맡아 진행하는데 잡음도 없었다. 주변 동료들은 쉴 새 없이 이 일꾼을 찾았다. 업무를 들고 오기도 했고 개인적인 고민을 들고 오기도 했다. 무슨 일 복을 갖고 태어났길래 저러나 싶어서 소처럼 일하지 말라고 조언해준 적도 있다.

또래 일꾼들이 모여 저녁을 먹기로 한 날에도 일꾼 24는 단톡방에서 "후배가 갑자기 퇴근 시간까지 일을 못 마치겠다고 SOS를 쳤다"며 일찍 자리를 떠야 한다는 운을 뗐다. 워낙 친한 사이기도 했고, 일에 치이는 것 같아 안타까운 마음에 "역시 일잘러는 다르다. 일못 후배도 다 챙긴다"라고 우스갯소리 삼아 한목소리로 핀잔을 주었다. 10분 정도 지났을까, 일꾼 24는 카톡에 조금 긴 글을 남겼다.

"나는 사실 일잘러, 일못러라는 단어가 불편해. 일잘러가 따로 있고 일못러가 따로 있어? 어떤 일을 하느냐에 따라 똑같은 사람도 일잘러가 되었다가, 어느 순간에는 일못러로 비추어지지. 그 사람의 능력 문제가 아니라 어쩌면 처한 상황의 문제일 수도 있는 건데 말이야. 이상하게 내 눈에는 일잘러니 일못러니 하는 게 마치 선과 악처럼 낙인을 찍어버리는 것 같더라."

다음에 만나면 꼭 이 이야기를 꺼내보아야겠다고 생각했고, 얼마 지나지 않아 그 기회가 생겼다. 일꾼 24는 일잘러, 일못러라는 구분이 사람을 배려하지 않는 행동처럼 느껴진다고 했다.

"우리 모두 일에 집중 못 할 때가 있잖아. 뭘 해도 일이 잘 풀리지 않을 때. 아파서일 수도 있고 집안일이 있을 수도 있고 말이야.

예전에 후배 한 명이 이상하게 한 달이 넘도록 지각을 하고 업무 성과가 나오지 않아서 팀원들끼리 뒤에서 수군거린 적이 있었거든. 알고 보니 부모님 중 한 분 건강이 안 좋아서였어. 그게 내 일이라고 생각해봐. 나라면 일에 집중할 수 있었을까. 그리고 그 친구를 일못러라고 누가 규정지을 수 있을까. 사람을 먼저 챙기면 일은 결국 다 잘 풀리게 되어 있어. 우리 다 기계가 아니라 사람이 하는 일을 하는 거잖아."

*

결국 '사람'이라고 했다. 일꾼 24의 일에는 잡음이 없다고 생각했는데 그게 아니었다. 잡음은 존재했지만 결국 모두 사람의 일일 뿐이라 관계를 원활하게 풀어내니 일은 저절로 앞으로 나아간 것이었다. 직장에서 사생활을 굳이 공유하지 않고, 묻지도 않는 분위기가 대세가 되고 있는 만큼 더욱더 누군가를 이해하려는 노력이 필요했다.

이 일꾼의 말을 계기로 일잘러나 일못러와 같은 단어를 사용하는 데 신중해지려고 노력하고 있다. 특별히 상대방이나 독자를 빠르게 이해시키려 할 때 외에는 최대한 쓰지 않으려 한다. 나만의 잣대나 단편적인 일을 계기로 사람을 평가하는 게 얼마나 큰 패착인지를 알기 때문이다.

최근 일꾼 24가 중간 관리자로 승진했다는 소식을 전해왔다. 또래 중 누구보다 높은 직책을 가진 일꾼이 되었다.

잊지말자. 우리보다 훨씬 더 높은 직책에 오르게

된 일꾼들의 눈에는 보였던 게 아닐까. ‘일보다 사람을 먼저 보는 자세’가 진짜 일을 잘하는 비결이라는 것을 말이다. 우리의 일은 언젠간 끝이 나지만, 사람과의 관계에서는 끝맺음이라는 게 없는 법이다.

평기자로 입사해 편집국장까지 오른 22년 차 일꾼이다.
은퇴 후 새로운 일을 준비하고 있다.

“직장에서 말만 조심해도 절반은 성공이란다.”

회사에서 피해야 할 몇 가지 유형의 일꾼이 있다. 일 미루기 신공을 보이는 일꾼, 항상 날이 서 있는 고슴도치형 일꾼, 차라리 그만두는 게 나을 듯한 무기력한 일꾼, 상황에 따라 말이 바뀌는 갈대형 일꾼, 직장을 전쟁터로 만드는 편 가르기 일꾼 등등. 10년간 직장 생활을 하면서 다양한 유형의 일꾼을 만났지만, 이 중에서도 가장 주의해야 할 일꾼은 바로 이들이다. 빅마우스!

질량 보존의 법칙은 빅마우스들에게도 해당

된다. 직장마다 꼭 한 명씩은 있는 이 사내 소식통은 A 일꾼과 B 일꾼이 술자리에서 신경전을 했다는 소식부터 동료 일꾼의 인사이동과 퇴사 정보까지 훤히 꿰고 있다. 어떨 때는 인사팀보다 먼저. 심증은 있지만 물증은 없는 사내 커플도 결국 빅마우스에게 결정적인 현장을 들키게 된다.

“이야기 들으셨어요?”로 말문을 열면 빅마우스 주위에는 일꾼들이 모인다. 이 일꾼들은 빅마우스의 정보에 저마다 한마디씩 보태고, 이렇게 모인 말들은 또 다른 일꾼들에게 전해진다. 말을 옮길 때마다 다른 이야깃거리가 더해지니 빅마우스에게는 정보가 끊일 날이 없다. 사내 가십거리는 빅마우스가 사람들을 모으는 힘이기 때문에 끊임없이 생산되고 옮겨진다. 그래서 결국 탈이 난다.

*

빅마우스와 그 주위에 모인 사람들이 한 일꾼을 파렴치한으로 몰고 간 일을 접한 적이 있다. 시작은 “A 일꾼이 B 일꾼을 싫어하는 것 같아요"였다. 다른 일꾼들이 저마다 말을 보탰다. "A 일꾼이 B 일꾼 없는 단톡방에서 욕을 한 적 있어요" "성적인 이야기도 있지 않았어요?" "A 일꾼이 B 일꾼한테 밤에 전화도 했다던데" "B 일꾼 미투 해야 하는 거 아니에요?" 걷잡을 수 없이 커진 이야기는 A 일꾼을 회사 인사위원회 앞에 세웠고, 결국 '혐의 없음'으로 결론이 났다. 이후 사람들과 어울리지 못하고 지내던 A 일꾼은 결국 회사를 나왔다.

일꾼들이 뒤에서 모여 나누는 이야기는 대부분 다른 이의 험담이다. 한 일꾼의 입에서 시작된 말은 사무실을 굴러다니며 몸집을 키우고 특정 일꾼을 갈아뭉갠다. 내 앞에서 다른 일꾼을 흉보는 이가 다른 일꾼 앞에서 내 욕을 할 수 있다는 걸 깨닫는 순간 일꾼들의 입은 칼이 되어 서로를 찌른다.

일꾼 25는 이 당연한 이치를 일깨워준 나의 첫 번째 직장 상사였다.

"일꾼 25는 완전 꼰대야. 어제 회식 자리에서는 몇 시간 내내 옛날 옛적 이야기를 하더라니까. 좀 뻔했잖아."

회사 앞 카페에서 동료 일꾼들과 <쇼미더머니>급 직장 상사 욕 배틀을 벌이고 있었다. 옆에 앉은 동기가 내 팔꿈치를 툭툭 건드렸다. 동기의 곁눈질을 따라간 곳에는 눈으로 레이저를 발사하고 있는 일꾼 25가 있었다. 목소리가 들리고도 남을 위치였다. 귀까지 벌겋게 달아오른 일꾼 25는 잔뜩 긴장한 우리에게 다가와 예상과 달리 담담한 목소리로 말했다.

"낮말은 이 대리가 듣고 밤말은 김 과장이 듣는다는 거 아니? 직장에서 말만 조심해도 절반은 성공이란다."

*

그의 말처럼 직장에서 빚어지는 갈등은 대개 말에서 시작되었다. 가시 돋친 말이 오가고, 뒤돌아서 허물을 들추고, 당사자의 의도와 상관없이 말이 퍼졌다. 너무 당연해 진부해진 탓인지 일꾼들은 말의 무거움을 자주 잊었다. 가볍게 내 입을 떠난 말이 상대방에게 얼마나 깊숙이 박힐 수 있는지를 말이다. 매일같이 얼굴을 마주해야 하는 일꾼들 사이에서 더욱 입조심이 필요한 이유다.

신입 사원에게도 말을 놓아본 적 없는
13년 차 일꾼이다. 현재 대기업에서 기업의
브랜드 이미지를 제고하고 있다.

"유머에도 선이 있어요."

출근 후 여느 때와 다름없이 커피를 타러 가는 길이었다. 파티션 사이사이 튀어나온 단정한 머리들 가운데 유독 한 머리가 눈에 띄었다. 일꾼 26이었다. 전날 밤 머리를 말리지 못하고 잔 건지, 아니면 아침에 강풍주의보가 발효된 건지 말 그대로 산발이었다. 축축 처지는 출근 시간에 찾은 웃음거리를 놓칠 수는 없었다. 그의 자리로 다가가 누가 들어도 과장된 목소리로 물었다.

"일꾼 님, 지하철에서 한판 하셨어요? 지금 딱

보아도 누구한테 머리채 잡히고 온 거 같은데요."

키보드 소리만 울리던 적막한 사무실에서 일꾼들의 웃음소리가 터져 나왔다. 미션 완료. 뿌듯한 마음을 안고 자리로 돌아왔다.

그날 점심시간이 되기 전 일꾼 26에게서 메시지가 도착했다.

"출근길 지하철에 냉방이 안 나와서 머리가 땀에 젖었어요. 안 그래도 머리를 수습하지 못해서 마음이 쓰였는데, 마침 그걸 짚으시니 당황스러웠어요. 일꾼님에게는 유머이지만, 다른 사람에게는 유머가 아닐 수 있어요. 앞으로 모두가 함께 웃을 수 있는 소재로만 유머를 하시면 좋겠어요."

정신이 번쩍 들었다. 직장이라는, 지극히 사적이지 않은 공간에서 만난 일꾼들에게 그려져 있던 선이 떠올랐다. 하루 꼬박 여덟 시간을 복작이다 보니 그새 일꾼들이 편해지고 선이 흐려진 것이다. 희미해진 선을 훌쩍 뛰어넘어 가려는 내 뒷덜미를 일꾼 26이 낚아챈 기분이었다.

얼굴이 달아올랐다. 그럴 의도는 아니었는데 죄

송하다는 메시지를 보내자 그가 이런 말을 덧붙였다.

"알죠, 나쁜 의도가 없다는 걸 알아서 오늘 일을 그냥 넘길까 했어요. 그런데 일꾼 님을 아끼는 마음에 고민 끝에 메시지를 보냈어요. 다음에는 이런 실수를 하지 않기를 바라서요. 우리는 너무나 익숙하게 외모, 나이, 성별, 학교, 종교, 정치관 같은 기준으로 남과 나를 가르고 이걸 유머의 소재로 사용해요. 나와 다른 걸 가리키며 웃자고요. 그런데 유머에도 선이 있어요. 우리가 속한 영역에 상대방이 속하지 못할 때, 그걸 유머의 소재로 사용하면 안 돼요. 상대방에게 상처가 되죠. 각자가 속해 있는 영역을 공격하지 않는 유머라야 함께 웃을 수 있어요."

*

일꾼 26은 IT 업계에서 유명한 서비스를 운영한 경험이 있는 13년 차 일꾼이었다. 당시 신규 IT 서비스를 개발 중이던 회사에서 전략적으로 영입한 일잘러였다. 13년 차에 일잘러라면 주위에 적들이 몇몇 있을 법도 했지만, 채용 전 평판 조회에서 그를 깎아내리는 말은 단 한마디도 듣지 못했다. 이 일을 통해 확실하게 알게 된 이유는 '선'이었다. 그는 다른 일꾼들이 보호받고 싶어 하는 프라이버시 영역을 침범하지 않는 일꾼이었다. 신입 사원에게도 말을 놓지 않을 만큼 그는 안전 거리를 철저하게 지켰다.

직장에서 유머라는 이름으로 이 선을 넘나드는 일은 자주 일어난다. 휴가계를 받아 든 부장은 "애인이랑 여행 가?"라며 농담을 던지고, 가깝게 지내는 남녀 일꾼을 보고 "둘이 사귀는 거 아니야?"라는 우스갯소리를 한다. 그래서 일꾼들은 웃자고 던진 말에 상처를 받거나 가끔은 죽자고 달려든다.

*

생각해보면 유머 코드는 인연 중에서도 '엄청난'이 더해져야 맞을 수 있는 게 아닌가 싶다. 최근 4년간 만난 연인과의 결혼을 생각하면서 유머 코드의 중요성을 몸소 느낀다. 유머에 함께 웃음을 터뜨릴 수 있다는 건 생각보다 더 어마어마한 일이다. 한 사람이 고른 유머의 소재에는 그의 가치관이 담겨 있으니까. 수십 년간 만난 사람들과 접한 사건들, 읽고 쓰고 들은 이야기들을 통해 만들어진 한 사람의 가치관이 다른 삶을 살아온 사람과 닮아 있다는 건 인연이다. 그것도 엄청난.

한 직장 안에는 나이와 성격, 외모, 스타일, 종교, 정치관 등이 다른 일꾼들이 있고 그 일꾼의 수만큼 다양한 유머 코드가 존재한다. 유머 코드가 맞는 사람을 만나는 건 결혼할 사람을 찾는 것만큼 어려운 일이기에 일꾼들의 유머는 더 조심스러워야 한다. 참 뻔한 만큼 정확한 말도 없다. 선을 지키는 게 답이다.

15년간 기자로 일하다가 창업 시장에 뛰어들었다.
현재는 본인 회사를 운영하고 있다.

"죄지은 것처럼 도망갈 생각 하지 말고, 당당하게 제대로 인사하고 나가요."

"일꾼 씨, 잘 지내고 있었어요? 혹시 이직할 생각 있어요?"

이직을 꿈꾸며 마음이 붕 떠 있을 무렵, 새 일자리를 제안하는 전화가 걸려왔다. 귀신 같은 타이밍보다 더 신기했던 건 전화한 인물이 '내 인생에 다시 만날 일이 있을까' 싶었던 일꾼이었기 때문이다. 그는 예전 직장의 고문이었다. 대기업 최고 경영자 출신의 고문은 조무래기 일꾼이었던 나를 기억하고 있었다.

"일꾼 씨가 마지막으로 보낸 이메일이 아직도 기억에 남아요. 그 직장에서 퇴사할 때 나한테까지 인사했던 사람은 일꾼 씨가 처음이었거든요. 내가 지금 있는 곳에 마침 일꾼 씨가 맡으면 좋을 일자리가 생겨서 연락했어요. 추천해줄 수 있으니 생각 있으면 다시 전화 주세요."

이 통화 이후 나는 꽤 괜찮은 직장에서 이 일꾼과 함께 3년여간 일할 수 있었다. 10년 동안 직장 생활을 하면서 이런 신기한 인연들을 적지 않게 만나왔다. 전 직장 선배를 다음 직장 동료로 마주치기도 하고, 예전 직장 동료를 내 팀원으로 추천해 다시 함께 일할 기회를 갖기도 했다. 전 직장 후배를 비즈니스 미팅 자리에서 만나는 일도 있었다. 후배가 '갑' 그리고 내가 '을'의 위치로.

저기서 만난 인연을 여기서 또 만나고, 여기서 만난 인연을 저기서 다시 만났다. 어떤 이론처럼 다섯 사람을 거칠 필요도 없이 그저 한 사람을 건너서 또는 직접 아는 사이가 수두룩했다. 일꾼들의 세상은 특히 더 좁고도 좁았다.

일꾼 27은 이런 진리를 미리 깨우친 일꾼이었던 것 같다. 전 직장 선배였던 그는 이직을 앞둔 나에게 이렇게 이야기했다.

"일꾼 씨, 죄지었어요? 죄지은 것처럼 도망갈 생각 하지 말고, 당당하게 제대로 인사하고 나가요. 그래야 동료들도 일꾼 씨의 마지막 모습을 좋게 기억할 수 있죠. 그게 일꾼들의 작별 인사법이에요."

부장님에게 퇴사하겠다는 의사를 밝히자 싸늘한 침묵이 이어졌다. 처음 보는 듯한 부장의 무표정한 얼굴에 덜컥 겁이 나고 심장이 빨리 뛰었다. 그 자리를 도망치듯 벗어난 이후 죄지은 사람처럼 동료들의 눈치를 보고 다녔다.

동료들이 나에게 시선을 주면 '회사를 버리고 일을 떠넘긴 배신자'를 욕하는 것 같아 머리카락이 주뼛 섰다. 크게 웃거나 떠들면 마음 편한 예비 퇴사자처럼 보일까 봐 근무 시간 내내 몸과 마음이 움츠러들어 있었다. 시간이 왜 이리 더디 가는지 속이 까맣게 타들어가고 있을 때, 일꾼 27은 내 어깨를 토닥토닥 두드렸다. 퇴사는 일꾼들의 당연한 권리이니 눈치

보지 말고 함께 일한 동료들에게 제대로 작별 인사를 하라고 말이다.

*

이 시대의 일꾼들에게 퇴사는 이사와 같은 일상의 이벤트다. 예전에야 평생직장이었으니까 퇴사가 곧 끝이었지만 이제는 아니다. 직장을 옮겨 다니면서 커리어를 쌓고 새로운 일꾼의 삶을 이어가는 요즘, 퇴사는 끝이 아니라 시작이다. 그래서 이 직장에서의 마지막 모습을 기억하는 동료 일꾼은 또 다른 인연이 되거나 괴로운 악연으로 다시 마주치기도 한다. 우리 일꾼들에게 제대로 된 작별 인사법이 필요한 이유다.

예전의 나처럼 스스로 '퇴사전과자'가 되어 도망쳐 버리는 일꾼들을 종종 보게 된다. 다음 날 출근한 동료들은 그 일꾼의 마지막 모습인 빈 의자를 보며 씁쓸해한다. 퇴사 이유를 놓고 다양한 상상의 나래를 펼치거나 제대로 인수인계되지 않은 일거리를 보고 뒷말을 하는 경우도 있다. 퇴사는 일꾼들에게 주어진 권리이지 배신이 아니기 때문에 도망칠 필요가 없다.

식사 자리를 잡아 직접 인사를 건네거나 이메일을 쓰거나 인수인계서에 작은 메모라도 남겨두자. 그간 가족보다 오랜 시간을 함께 보냈던 동료들에게 고맙고 아쉬운 마음을 전하는 방법은 뭐든지 좋다. 당당하게 고개를 들고 동료들에게 기억되고 싶은 모습으로 작별 인사를 하라고, 일꾼 27이 해주었던 이야기를 퇴사 준비생들에게 건넨다.

3부

기술에 관하여

•

저자 본인이다. 언론사를 4년여 어슬렁거리다가
IT 기업에서 콘텐츠 기획자로,
제휴 담당자로 5년째 일하고 있다.

“디테일이 일의 전부다.”

일꾼 28은 나다. 나는 누구나 인정하는 일잘러는 아니지만 그래도 어디 가서 욕은 먹지 않을 정도로 일하려고 노력했다. 그렇게 10년이 지났다. 10년 동안 일꾼으로 살아오면서 내가 얻은 일사이트는 ‘디테일이 전부’라는 것이다.

함께 사는 사람과는 대화의 절반 이상이 일터 이야기인데 주로 내가 고민을 들어주는 편이다. (왜냐하면 그는 이제 7년 차 일꾼이니까.) 그리고 그 고민의 결과는 대부분 “네가 디테일이 부족했다”로 마무리가 된다. (매번 같은 답을 해주는데 왜 안 고쳐지는지 잘 모르겠다.)

최근에 그가 들고 온 고민은 이렇다. 가장 높은 상사에게 보고해야 할 일이 있었는데 그 피드백을 중간 상사에게 받아야 했다. 그런데 갑자기 가장 높은 상사가 얼른 보고하라고 재촉했고, 피드백을 주어야 할 중간 상사는 화장실에 갔는지 사라져버렸다는 것이다.

이때 당신의 선택은? 함께 사는 이는 '에라, 모르겠다'라는 마음으로 일단 중간 상사를 건너뛰고 지금까지 완성된 버전으로 보고를 올렸다. 그것이 탈이 날 줄은 몰랐던 것이다. 중간 상사는 이 사실을 알고 안색이 굳어졌고, 급기야 인사도 안 받는 상황에까지 이르렀다.

물론, 당연히, 반박의 여지 없이 중간 상사가 쪼잔했다. 하지만 우리가 상사의 엄마도 아니고, 남편이나 아내도 아니며, 내 자식도 아닌데 그의 쪼잔함까지 고쳐 쓸 이유도 여유도 없지 않은가. 또 그 직장 나름의 룰이나 분위기라는 것이 있을 텐데 내가 굳이 잔 다르크가 될 필요도 없고 말이다. 함께 사는 이에게 "네가 디테일이 좀 부족했네"라고 말했다.

가장 높은 상사에게 현재 상황에 대한 양해를 구하고 제출까지 시간을 벌면 가장 좋았겠지만, 상황이 여의치 않았을 경우 중간 상사에게 카톡을 보내 '윗분이 지금 발 동동 난리다. 일단 제출부터 하겠다'라며 과장을 약간 섞어 지금 당신을 건너뛸 수밖에 없는 상황을 잘 묘사해 전달했더라면 중간 상사가 조금 덜 쪼잔해졌을 것이다.

회사는 큰 프로젝트 단위로 굴러가지만 결국 그 프로젝트를 만드는 건 일꾼들이고, 일꾼도 사람이다. 내가 조금 귀찮더라도 디테일을 챙기면 다음 단계의 일이 쉬워진다. 디테일이라는 게 사실은 별것 아니다. 중간 상사에게 '내가 이러이러한 상황이다'라고 한 번 더 설명해 이해를 돕는 것이다.

*

집안일로 비유를 해보자. 외출하기 전에 함께 사는 이에게 설거지 미션을 주고 나갔다. 그런데 돌아왔는데 설거짓거리가 그대로다. 미션을 받은 사람은? 자고 있다. 나는? 빡친다. 그런데 이때 미션을 받은 사람이 '갑자기 배가 아팠고 그래서 설거지를 못 했다'라고 설명해준다면 상황이 이해가 되면서 빡침도 누그러지지 않을까. 설명해주기 전에 상대방은 당신의 상황을 모른다.

누군가는 프로젝트를 발제하기 전 일주일 동안은 동료들과 티타임을 가지면서 의견을 받는다고 했다. 동료들에게 의견을 구한 상태에서 프로젝트 발제를 하는 것과 어느 날 갑자기 발제를 들이미는 것의 결과물이 다르다는 것이다.

일단 누군가의 아이디어를 듣고 거기에 의견을 보태는 과정을 겪은 동료들은 일종의 소속감을 느끼게 된다. 자연스레 자신의 의견이 섞인 프로젝트에 반박하기 어려워지는 것이다. 또한 해당 프로젝트에 대한 동료들의 이해도가 높아진 상황이기 때문에 이후 진행 역시 수월해질 수밖에 없다. 시간을 따로 빼서 동료들의 의견을 묻는 과정이 귀찮을 것 같다고? 이 작지만 디테일한 과정이 결국 프로젝트의 시작이자 끝이다.

일꾼 29

•

대기업 산하 연구원에 20대 초반에 입사해
30년 넘게 일했다. 정년 퇴임 후 세계 곳곳에서
자원봉사 중이다.

"일을 잘하는 것보다 훨씬 더 중요한 게 일단 하는 거야."

인턴 면접장에서 일꾼 29를 처음 만났다. 빨간 넥타이를 매고 있어서인지 눈빛이 매서워서인지 세 명의 면접관 중에서도 압도적인 포스를 뿜고 있었다. 출력된 자기소개서를 안경 너머로 읽으며 우리가 왜 당신을 인턴으로 뽑아야 하는지 물었다. 이후 이어진 질문도 날카로웠다. 속으로 '와, 저런 사람이 상사라면 장난 아니겠다'라고 생각하면서 면접장을 나왔다.

슬픈 예감은 틀린 적이 없다. 인턴 출근 첫날, 사무실 가장 안쪽 자리에 그가 앉아 있었다. 출근 시간보다 한 시간이나 일찍 도착했는데도 이미 이 일꾼은 열일 모드였다. 직급도 높은데 부지런하기까지 한, 어쩌면 피해야 할 상사 1순위에 등극할 법한 그런 캐릭터였다. 첫 회식 날, 이런 캐릭터가 늘 그러하듯 자신의 사회 초년생 이야기를 시작했다. 이미 다른 직원들은 귀에 피가 나도록 들었다는 표정이었다. 일꾼29는 이 회사에 20대에 입사해 25년째 근무 중이라고 했다. 회사에서 올라갈 수 있을 만큼 올라갔다가 정년 퇴임을 앞두고 조금 더 쉬운 업무를 맡게 된 참이었다. 그리고 그사이에 아주 만만하게 걸려든 지지리 운도 없는 인턴이 바로 나였다.

인턴 둘째 날부터 고난이 시작되었다. 콘텐츠를 제작하는 일이었는데 토씨 하나, 쉼표 하나까지 이 일꾼의 손을 거쳤다. 비문을 적어 가면 호통이 떨어졌다. 워낙 혼이 나니 결과물을 제출할 때가 되면 다리가 후들거릴 정도였다.

특정 브랜드 현황에 대해서 리서치를 해오라는 미션을 받은 날이었다. 어떻게 하면 안 혼나고 좋은 내용을 가져갈 수 있을지 고민하며 머리를 쥐어뜯는 중이었다. 옆옆자리 과장님을 찾아가서 이 브랜드와 우리가 어떻게 협업을 할 수 있는지 물어보고, 해당 브랜드의 홈페이지도 뒤적거리면서 나만의 큰 그림을 그리고 있었다. 모든 기획을 완성한 것 같은 자세로 장밋빛 미래를 그리며 하루 이틀이 지났다. 사흘째 되던 날, 사무실이 떠나가라 불호령이 떨어졌다.

"지금 뭐 하고 있는 거야! 내가 리서치 해오라고 했지 사업 전략 짜 오라고 했어?"

고개를 들었다. 나였다. 모두가 나를 쳐다본 뒤 급히 시선을 거두어들였다. 그 와중에도 일꾼 29는 거듭 소리를 쳤다.

"책상에 앉아 있으면 리서치가 뚝딱 완성되는 거야? 그 브랜드에 전화를 해보거나, 밖에 나가서 현장을 살펴보거나, 관련된 사람과 미팅을 잡거나 뭐든 해야 할 거 아니야!"

눈물을 뚝뚝 흘리면서 밖으로 나왔다. 다음 날 아침 일찍, 나를 부른 건 일꾼 29였다.

"내가 25년 동안 뭐 하나 믿고 살아왔는지 알아? '액션 버튼' 하나야. 일단 일이 떨어지면 움직여. 머릿속으로 이걸 이렇게 하면 더 좋은 보고서가 나올까, 저렇게 하면 더 좋지 않을까 생각만 하면 답이 나와? 절대 안 나와. 그러다 흐지부지되는 거야. 당신이 책을 한 권 낸다고 칩시다. 이미 책 표지나 목차, 출판사를 생각하고 있겠지. 그렇게 하루 이틀 보내면 책이 뚝딱 완성되어 있을까. 일단 매일매일 쓰기 시작해야지. 일도 마찬가지야. 미리 결과물을 그리는 것보다 중요한 게, 일단 당장 내가 할 수 있는 일을 하는 거야. 그래야 이 일이 맞는 건지 틀린 건지 알 수 있지. 머릿속으로만 그리고 있으면 절대 알 수 없어. 일을 잘하는 것보다 훨씬 더 중요한 게 일단 하는 거야."

고약한 캐릭터로 묘사했지만 사실 일꾼 29는 나의 최애 상사다. '일단 해' '액션 버튼부터 눌러'는 10년째 나의 일 지침 1순위다. 인턴 기간이 끝나고 난 뒤에도 약 1년간 그 조직에 몸을 담았는데, 이때 족히 20년은 버틸 수 있는 굳은살과 맷집이 생겼다.

무슨 일을 하든 일단 하고 보았다. 그래야 이게 '될 일'인지 '안 될 일'인지, 똥인지 된장인지 구분할 수 있었다. 누군가를 섭외해야 할 때에도 "아, 이 사람은 왠지 안 할 것 같아요"보다는 "연락처를 수소문해서 물어보았는데 섭외 거절했어요"라고 하는 편이 훨씬 더 나았다. 안 해보고 안 된다고 하는 것과 해보고 안 된다고 하는 것은 분명 차이가 있었다. 조금 더 시간이 걸렸더라도 "제가 일단 해보았는데요"라는 이 한 문장에는 힘이 있었다. 경력이 오래되었다고 해서 나의 예측이 온전히 답인 것은 아니었다.

꼭 일에만 해당되는 이야기는 아니다. 오랜 연인이 TV를 보다가 "나는 그림을 잘 그리는 사람이 되고 싶어"라고 말했다. 그래서 소규모 전시회도 열고, 그림책도 낼 계획이라고 했다. 본인은 모네처럼 따뜻한 그림을 그릴 거라는 말도 덧붙였다. 모네 같은 소리한다 싶어 조심스럽게 조언을 하나 해주어도 되겠냐고 물었다. 그는 그러라고 했다.

"그림 잘 그리고 싶다는 이야기만 5년째 하고 있는 거 알아? 일단 미술 학원에 등록하거나, 원뿔 하나라도 그려보고 이야하는 건 어때? 진짜 그림을 그릴 생각이 있다면 펜슬 달린 아이패드라도 생일 선물로 사줄게. 대신 그걸로 유튜브만 보고 있으면 압수야."

•

14년간 이름 뒤에 기자라는 타이틀을 달고 일해왔다.
지금은 휴식기를 보내고 있다.

“일을 잘할 수 있는 가장 쉬운 방법이 뭔지 알아? 그냥 물어보는 거야.”

지난 10년간 일꾼 생활을 하면서 가장 많이 바뀐 것을 묻는다면 내 답은 팔자주름, 아니지, 질문에 대한 태도다. 10년 전에는 질문하는 게 두려웠다면, 지금은 답을 못 해줄까 봐 질문이 두렵다.

얼마 전, 잠시 일을 쉬고 있는 일꾼 30을 회사 앞에서 만났다. 첫 직장에서 첫 번째 사수였던 일꾼 30에게 이 이야기를 들려주자 그의 보조개가 쏙 들어갔다.

“많이 컸네. 너도 물을 수 있는 때가 지나간 거

지. 한창 일을 배워야 하는 새내기 일꾼들은 모르는 게 당연한 일이지만, 직장 생활 10년 차 일꾼은 모르면 창피한 일이 되지. 그래서 다 때가 있다고 이야기 하잖아."

시간을 지나고 본 사람들만 할 수 있는 이야기가 있다. '다 때가 있다'고. 이제 결혼 5년 차가 된 친구는 노는 것도 때가 있다고 말하고, 영어 공부를 시작한 예순 언저리의 어머니는 공부도 다 때가 있다고 이야기한다. 당연하게 무언가를 하거나 누릴 수 있는 시기를 '때'라고 하는데, 그때의 대상 중에는 질문도 있다. 새내기 일꾼들만 누릴 수 있는 '질문의 때'를 일꾼 30이 아니었다면 놓칠 뻔했던 아찔한 기억이 있다.

*

수습기자 시절, 팀장이 한 그룹 총수가 추진하는 신사업을 취재해보라는 지시를 내렸다. 흔쾌히 알겠다고 답했지만, 속은 까맣게 타들어갔다. '내가 그 그룹 총수를 어떻게 알아'로 시작한 고민은 '나는 왜 재벌이 아니지'라는 한탄으로 이어졌다. 팀장의 불호령이 떨어질 때까지 새하얀 워드 파일에는 커서만 깜박이고 있었다. 팀장의 목소리가 날카로워지자 사수였던 일꾼 30이 나를 불렀다.

"일을 잘할 수 있는 가장 쉬운 방법이 뭔지 알아? 그냥 물어보는 거야. 생전 처음 기자 일을 해보는데, 모르는 건 너무나 당연해. 회사는 실전인데, 실전을 대학에서 배웠겠니, 아니면 부모님이 알려주셨겠니. 모르면 혼자 고민하지 말고 물어봐."

일꾼 30은 후배 일꾼들 사이에서 동경의 대상이었다. 그가 특종 기사를 빵빵 터뜨린 후 큰 매체에서 스카우트 제의를 받으면, 우리는 눈빛을 반짝이며 그의 결정에 귀를 기울이곤 했다. 나는 이런 일잘러 사수를 옆에 두고도 참 질문하는 걸 어려워했다. 질문하면 내가 모르고 있다는 사실이 만천하에 드러난다고 생각했으니까.

혼나지 않기 위해 눈치 보며 시작한 질문하기의 효과는 엄청났다. 먼저 길을 걸어본 일꾼에게 물어서 얻은 답은 직선로였고, 그렇게 답을 얻어 소화한 것들은 내 일사이트가 되었다. 묻지 않으면 내가 아는 선택지를 펼쳐놓고 다 대입해보는 우회로를 걸었을 터였다. 물론 선택지 중에 답이 있다는 확신도 없었다.

더 쏠쏠한 효과는 일꾼들의 평가였다. 주위의 많은 일꾼들은 예상외로 질문하는 후배 일꾼에게 후한 평가를 내렸다. 가만히 앉아 고민할 때보다 찾아가 질문할 때 일꾼들은 내가 열심히 일한다고 평가했다. "이것도 몰라"라며 핀잔을 주는 일꾼도 있었지만, 열에 여덟은 "배우려는 의지가 있는 일꾼이네" "업무 태도가 적극적이네"라는 말을 곁들였다.

*

새내기 일꾼들은 서툴고 모르는 게 당연하다. 그래서 질문하기는 이들에게 주어진 특권이다. 주니어에서 시니어로 시간이 흐르면 묻고 싶어도 묻지 못하는 때가 온다. 이제 막 직장 생활을 시작한 모든 일꾼들이 마음껏 질문해도 되는 이때를 몽땅 다 누려야 하는 이유다.

물어라, 그러면 열릴 것이다!

•

13년 차 직장인이다. IT 기업에서 콘텐츠 서비스를 운영하다 지금은 언론사에서 신기술이 접목된 콘텐츠를 기획하고 있다.

“회사는 기억해주지 않아. 말을 해야 알아주지.”

지금 함께 살고 있는 사람과 싸울 때 레퍼토리가 있다. 먼저 서로가 무엇을 잘못했는지에 대해 구구절절 이야기하기 시작한다. “오늘 네가 나한테 이랬고, 이 부분은 네가 너무 오버한 거 아니야?”라는 식의 대화다. 그러다가 “내가 너한테 어떻게 했는데 네가 나한테 이럴 수 있느냐”는 식의 신파가 이어진다. “너한테 말은 안 했지만 내가 얼마나 이런 부분을 배려했고, 이런 건 눈 감고 넘어가주었고, 네 가족들에게는 또 얼마나 잘했으며….”

그러다 둘 중 한 명이 말한다.

"말을 해야 알지. 그걸 내가 다 어떻게 알아?"

그렇게 화해를 한다. 사랑하는 사이라고 하지만 스스로를 낮추거나 왼손이 하는 일을 오른손이 모르게 하라는 공식은 틀렸다. 왼손뿐만 아니라 왼손 엄지손가락, 집게손가락, 새끼손가락이 한 일까지 세세하게 말을 해주어야 곰 같은 동반자는 알아챌까 말까다.

가끔 회사에서도 비슷한 경험을 한다. 내가 한 일을 회사가 인정해주지 않을 때, 그렇게 서러울 수가 없다. 정말이지 이렇게 외치고 싶다. 내가 너한테 어떻게 했는데 나한테 이럴 수 있느냐고.

함께 일하는 일꾼들이나 상사들은 생각만큼 당신을 기억하지 못한다. 당신이 어제 어떤 옷을 입었는지, 회의 시간에 어떤 아이디어를 냈는지, 그리고 어떤 일을 했는지 금세 잊는다. 그래서 일꾼들에게 겸손은 미덕이 아니다.

겸손은 다른 이들이 이미 그 사람의 능력이나 노력을 알고 있을 때 할 수 있는 칭찬이다. 특정 일꾼이 어떤 일을 했는지 기억하기 어려운 회사에서 스스로를 낮추는 태도는 겸손이 아니다. 그런 태도는 그냥 '낮은 일꾼'을 만든다.

*

일꾼 31은 남들과 같은 일을 해도 다른 평가를 받았다. 남달랐던 것은 결과물을 포장하는 솜씨였다. 같은 선물이라도 비닐봉지와 리본 달린 포장지가 전하는 감정이 다른 것처럼 말이다. 그는 본인의 결과물을 예쁘게 포장해 사내 일꾼들에게 나누어주는 일을 잘했다. 회의실에서, 단톡방에서, 사내 인트라넷에서 본인이 제작한 콘텐츠를 소개하고 이해 관계자와 독자가 어떤 반응을 보였는지 알렸다.

"제가 이번에 시위 현장 기사를 쓰면서 360도 촬영 영상을 함께 게재했어요. 다른 매체들에서도 비슷한 기사가 쏟아져 나왔는데 우리 기사는 360도 영상이 들어가 있어서 눈에 띄었어요. 생동감이 느껴진다는 반응을 포함해 긍정적인 댓글이 대략 50건 정도

달렸어요."

종종 이런 자기 마케팅을 두고 나댄다며 수군거리는 이들도 있었다. 하지만 없는 내용을 꾸며낸 것도 아니니 면전에서 그를 다그칠 수 있는 일꾼은 없었다. 뒷말은 다른 일꾼의 눈치를 보느라 자기 마케팅을 못하는 이들의 질투, 딱 그 정도 수준이었다.

단점에 비해 장점은 확실했다. 그의 결과물은 다른 일꾼들의 결과물보다 오래 기억될 수밖에 없었다. 덕분에 그는 매년 인사고과에서 높은 점수를 받으며 동기들 중 가장 빨리 팀장직을 가져갔다.

연말 무렵이었다. 인사고과를 잘 받고 싶어 일꾼31에게 조언을 구한 일이 있었다. 그는 까만 글자 몇몇이 수줍게 고개를 내민 내 업무평가서를 보며 이렇게 말했다.

"회사는 네가 한 일과 성과를 일일이 찾아보고 기억해주지 않아. 말을 해야 알아주지. 겸손하고자 하는 태도는 좋지만, 일에 대해서는 너 스스로를 낮추지 마. 고생한 게 아깝지 않아?"

*

우리는 '겸손은 미덕'이라고 배우며 자라왔다. 많은 일꾼들이 스스로 한 일과 성과를 드러내기보다 회사가 알아서 찾아보아주기를 원하는 이유다. 하지만 우리의 바람과 달리 회사는 기억해주지 않는다. 일꾼이 이런 일을 했고, 이런 성과를 냈어요라고 말을 해야 알아준다.

직장에서 자라는 우리 일꾼들은 익은 벼가 아니기에 고개를 숙이기에는 아직 이르다.

•

스타트업에서 콘텐츠를
제작하고 있는 3년 차 일꾼이다.
서비스 기획에도 뛰어난 역량을 보유하고 있다.

“왜라는 질문에 답을 할 수 있어야죠.”

1189. 카카오톡 친구들 중에서 가족과 친구를 제외하고, 적은 만남으로 카카오톡 친구를 맺지 않은 일꾼을 더하면 1500명쯤 되지 않을까. 아니다. 명함을 받고 저장하지 않는 내 귀차니즘을 감안하면 2000명쯤 되려나. 지난 10년간 만난 일꾼들을 두고 하는 이야기다. 숫자의 많고 적음은 모르겠지만 일꾼을 만나는 직업을 가진 덕에, 그리고 세 번의 이직에 성공한 덕에 참 다양한 일꾼들과 함께 일할 수 있었다. 그 2000명의 다양한 일꾼 중에서 가장 많은 일사이트

를 전해준 이를 꼽아보라면, 고민하지 않고 답할 수 있다. 일꾼 32다.

일꾼 32는 일꾼 생활을 시작한 지 2년 된 내 팀원이었다. 나와는 꼭 1년을 함께 일했는데, 그가 퇴사할 때 나는 이런 내용의 편지를 썼었다. 함께 일하는 동안 정말 많이 배웠다고, 다시 같이 일할 수 있는 기회가 왔으면 좋겠다고. 꼰대력 중급 이상인 내가 새내기 일꾼에게 많이 배웠다고 쓴 것을 보고 스스로도 놀랐던 기억이 있다.

일꾼 32가 1999명의 일꾼과 달랐던 점은 '어떻게'가 아닌 '왜'를 먼저 생각한다는 것이었다.

"왜요?"

팀장을 맡게 된 후 초반에는 팀 회의가 공포 그 자체였다. 당시 매주 팀 회의를 열고 그 주에 해야 할 일들을 정리했는데, 이때마다 일꾼 32는 이렇게 질문을 던졌다. '뭐지, 지금 이건 일하기 싫다는 거지? 나랑 한번 해보자는 건가? 그럼 나는 어떻게 해야 하지?' 온갖 생각이 머릿속을 스쳤다. 그런데 회의가 끝나면 언제 그랬냐는 듯 일을 말끔하게 처리해 일꾼의 태도에 문제를 제기할 수도 없었다. 회의 시간마다 찾아오는 '왜의 공포'에 한동안 나 홀로 속앓이를 했었다.

그러던 중 함께 일하던 콘텐츠 제작자가 그만두는 일이 있었다. 새 일꾼을 구하기 위해 회의실에 둘러앉은 팀원들에게 어떤 일꾼과 함께 일하고 싶냐고 물었다. 경력이 있는 일꾼, 나이가 비슷한 일꾼, 성격 좋은 일꾼 등 뻔한 말들이 뒤섞여 나올 때 유난히 귀에 꽂히는 답이 있었다. 일꾼 32의 말이었다.

"음, PM의 마음가짐을 가진 일꾼이었으면 좋겠어요."

콘텐츠 제작자를 뽑는데 뜬금없이 프로젝트 매니저가 등장했다. PM의 뜻을 몰랐을 거라는 생각에 "PM이요?"라고 되물었다. 일꾼 32의 말이 이어졌다.

"네, 콘텐츠 제작자라고 해서 개별 콘텐츠만 바라보면 안 된다고 생각해요. 기획부터 개발까지 전체 업무 과정을 관리하는 PM처럼 큰 그림 안에서 지금 이 콘텐츠가 왜 필요한지를 알아야 해요. 우리 서비스가 가고 있는 방향을 파악해야 제대로 된 콘텐츠가 나올 수 있잖아요. '어떻게 콘텐츠를 만들까'만 고민하면 발전이 없어요. '왜 콘텐츠를 만들어야 하는지'를 알아야죠. PM의 태도로 일해야 왜라는 질문에 답을 할 수 있고, 일꾼의 시야가 개별 콘텐츠에서 전체 콘텐츠 서비스로 넓어질 수 있어요."

그랬다. 나를 포함한 많은 일꾼들은 할 일이 주어졌을 때 '어떻게'를 생각한다. 당장 이 일을 해결하는 게 중요하니까. 그런데 돌이켜보면 일을 해결하는 게 문제가 아니라 '잘' 해결하는 게 중요한 일꾼들은 일꾼 32처럼 '왜'를 떠올렸다. 일이 잘 해결되었다는 것은 목적을 달성했다는 의미이고, 그 목적은 일을 해야 하는 이유이기 때문이다. 그래서 일꾼들은 일을 왜 해야 하는지를 알게 되었을 때 어떻게의 정답도 자연스럽게 얻을 수 있었다.

*

일꾼 32가 회의 시간마다 던졌던 '왜'도 일을 잘하기 위한 그의 업무 과정이었다. 그가 나에게 던졌던 질문과 이후 말끔하게 처리된 일 사이에 퍼즐이 맞추어지고 나서야 왜의 공포는 사라졌다. 그 후 서비스에 관해 결정해야 할 일이 생겼을 때, 일꾼 32에게 도움을 받았다. 그가 왜라고 질문했을 때, 내 결정은 한결 쉬워졌다. 왜의 답이 사용자 모집이었을 때는 우리 서비스가 줄 수 있는 혜택을 강조했고, 답이 투자금 모집이었을 때는 서비스의 성장 수치를 앞세웠다.

우리는 학교 시험과 수능, 취업 면접 등 끊임없이 시험을 치르며 익혀왔다. 문제를 해결하려면 질문의 의도를 파악해야 한다고 말이다. '답은 정해져 있고 너는 대답만 하면 돼'로 대변되는 대화의 의도까지. 우리는 생활 속에서 무수히 경험해오지 않았던가. 모든 일의 정답은 의도에 있고, 의도를 파악하는 가장 간단한 방법은 왜라고 묻는 것이라는 걸.

•

광고 대행사, 대기업 마케팅팀 등을 거쳐
스타트업의 전략 기획 업무를 담당하고 있는
10년 차 마케팅 기획 베테랑이다.

“회사 안과 밖의 일, 두 개의 일을 갖는 것이 일꾼의 운명을 거스를 수 있는 방법.”

일꾼 33은 총 네 개의 달력을 썼다. 정확히 말하면, 한 개의 종이를 4등분해서 각각 다른 일정을 적어넣었다. 매일 아침 출근하면 종이 한 장 가운데를 가로로 한 줄, 세로로 한 줄 그어 4등분하는 일부터 시작했다. 4등분한 달력 중 하나에는 회사 업무를 적었다. 오늘 보고할 내용부터 미팅 일정, 회의 일정까지 빼곡히 적었다. 그럼 나머지 공간에는 어떤 일정을 적는 걸까.

“한 개는 개인적으로 쓰고 있는 책의 원고 진행

상황을 기록하고 있어요. 그리고 독서 커뮤니티 모임을 서너 개 만들어서 매니징하고 있는데 두 번째 공간에는 그 업무를 주로 적고요. 세 번째 공간은 집이랑 관련된 거예요. 병원 예약, 장 볼 목록 등등을 적어놓죠."

일꾼 33은 일하는 엄마, 아이를 키우는 여성 직장인이다. 일과 육아를 병행하기도 힘들 것이라는 게 일반적인 예상인데, 그 예상을 완전히 빗나가버린 것이다. 회사 업무도 빈틈없이 챙기는 스타일이었다. 누군가는 그를 두고 "누구보다 직장인이 체질인 사람"이라고 평할 정도였다. 회사 리더들이 원하는 사업 모델을 이해하는 속도가 빨라서 사업 전략 짜는 일을 주로 맡았다. 아래로는 회사 후배들이 업무를 잘 진행할 수 있도록 서포트했다. 나 혼자 잘하겠다고 달려나가는 스타일도 아니어서 대부분 동료들이 일꾼 33과 일하고 싶어 했다. 조직 생활에 최적화된 성향이라 할 수 있었다. 그러니 회사 일과는 무관한 개인 프로젝트를 기록하는 달력을 따로 만들어두고 있었던 건 의외였다.

외부 활동이 비밀은 아니었다. 책을 쓰고 있다거나 외부에서 커뮤니티 매니저 역할을 한다는 건 그와 점심 식사를 한 사람이라면 누구나 알고 있었다. 그만큼 회사와 동료들에게 당당하다는 뜻이기도 했다. 누구나 그에게 안부처럼 건네는 질문이 있었다. "대단하다. 힘들지 않아요? 그 많은 일을 어떻게 다 해요?"

육아 휴직 기간이 계기였다고 했다.

"출산으로 일을 잠시 쉬게 되면서 육아 퇴근을 한 뒤 뭐라도 하고 싶어서 저녁마다 글을 쓰기 시작했어요. 그게 너무 재미있는 거예요. 우리는 그동안 주어진 일을 하는 데 너무 익숙해져 있었구나 싶었죠. 사실 스타트업이 아니면 회사 경영진과 리더들이 짠 방향성에 맞추어 움직이는 게 일꾼의 운명이잖아요. 그게 어쩐지 우리의 삶을 수동적으로 만들고, 비행기 티켓만 바라보는 사람으로 만들기도 하죠. '탈출'이나 '디스커넥트'라는 단어에 열광하게 만들고요. 그런데 그저 작은 글쓰기일지라도 내가 하고 싶어서 내가 만든 일을 하게 되니 활력이 도는 기분이

더라고요. 에너지가 소모되는 기분이 아니라 오히려 에너지가 채워지는 기분이 드는 게 신기했죠. 자존감도 높아지니 회사 동료들에게 더 너그러워진 면도 있고요."

일꾼 33은 "회사 안과 밖의 일, 두 개의 일을 갖는 것이 '일꾼의 운명'을 거스를 수 있는 방법"이라고 말했다. 회사 안에서는 주어진 일을 잘하고, 회사 밖에서는 내가 만든 일을 열심히 해야 한다는 것이다.

회사에 복직한 뒤에도 자연스럽게 일꾼 33의 개인 프로젝트는 이어졌다. 함께 책을 읽고 글을 쓰는 커뮤니티를 운영하게 되었고, 그곳에서 만난 동료들과 힘을 합쳐 독립 매거진 만드는 일도 시작했다고.

내가 일꾼 33의 영향을 받은 것이 바로 이 책 《일꾼의 말》이다. 퇴근하고 나서 하나씩 글을 쓰기 시작했다. 그것이 원동력이 되었다. 업무에 지쳤을 때 오늘 저녁에 뭘 쓸지를 생각하는 것만으로도 리프레시가 되었다. 일꾼 33이 말했듯 회사 밖 일이 회사 일에 긍정적인 작용을 했다.

부장님과 동료의 칭찬을 듣는 것도 좋았지만 그

보다 더 좋은 건 내가 만족할 만한 글을 완성했을 때였다. 친구들과는 매일 짧은 글을 써서 단톡방에 공유하는 프로젝트도 시작했다. 그게 또 독립 출판으로 이어지기도 했다. 대단한 무언가를 해야만 '일꾼의 운명'을 바꿀 수 있다고 생각했다. 그런데 내가 하고 싶은 일을 하는 것만으로도 자신감이 붙고, 그저 그런 일꾼의 삶에 작은 비상구가 생긴 기분이다. 혹시 아나. 그 비상구가 커지고 커져서 나의 또 다른 일터 '정문'이 될지.

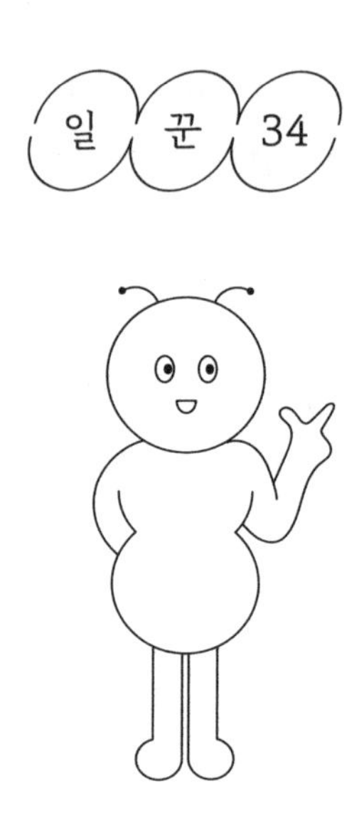

•

홍보 대행사에서 업무를 시작한 뒤
약 5년간 미디어 업계에 있었다.
결혼 후 남편과 식음료 사업을 시작했다.

“나 회사에서
잘나가라는 말만큼
부질없는 말이 없더라.”

일꾼 모두가 회사에서 빛나는 일을 맡을 수는 없다. 오늘 내 일에 쏟아진 박수갈채가 내일도 이어지리라는 보장도 없다. 한때 주력 사업이었던 것이 하루아침에 접어야 할 서비스가 되는 경우도 많다. 누군가는 획기적인 기획을 발표하며 회사의 전폭적인 지원을 받겠지만 대부분은 서포트 업무를 맡아 모든 일이 잘 굴러가도록 지원해야 한다. 매년 레드 카펫에 서는 연예인보다 집에서 시상식을 보는 연예인이 더 많은 것처럼 일꾼도 그렇다.

이런 현실을 너무도 잘 알고 있는 우리이지만 결국 욕망의 동물인지라 승진과 더 좋은 프로젝트에 어김없이 욕심을 내고야 만다.

일꾼 인생의 첫 이직에 성공한 뒤 나 역시 그랬다. 의욕이 앞섰다. 이직했으니 뭔가 한 방을 보여주어야 한다고 생각했다. 당시 회사에서 뜨고 있는 주력 사업 부서에 지원했지만, 회사는 신생 TF팀에서 내 역량을 보여주기를 원했다. 한 해 동안 벌어질 일이 눈에 그려졌다. 이 팀은 다양한 실험을 이것저것 해본 뒤 가능성이 보이지 않는다면 해체될 운명을 갖고 탄생했다. 회사의 인정을 받지 못할 것이라는 생각에 자존감까지 내려앉았다.

그때 이 직장에 나를 추천한 일꾼 34가 손을 들었다. 주력 사업 부서를 이끌고 있는 리더였는데 TF팀의 장이 되겠다고 지원한 것이다.

똑 부러지고, 일이 잘되게 하는 능력을 갖춘 일꾼 34가 합류하면서 팀은 조금씩 모양을 갖추어나갔다. 1년 뒤에는 정식 조직으로 꾸려지면서 인력 충원도 하게 되었다. 일꾼에게 이때의 선택에 대해 물은 적이 있었다. 잘나가는 조직의 리더 대신 미래가 불투명한 TF팀을 선택하게 된 이유를.

"나 잘난 줄 알고 회사 다니던 시절이 있었지. 그때는 시장도 호황이고, 운도 따라주어서 내가 손대는 프로젝트마다 잘되었고 회사는 큰 금액의 투자도 받았어. 회사 대표는 나를 '미다스의 손'이라고 치켜세우면서 본부장으로 승진도 시켜주었고. 그런데 1년 뒤에 알고 보니 대표가 투자금을 빼돌리고 있었고, 직원들 월급이 밀리는 상황까지 오게 되었어."

그가 다니던 회사는 오래 버티지 못하고 사업 종료 수순에 들어갔다. 그제서야 일꾼 34는 본인의 일을 묵묵히 도와주고 잘 유지될 수 있게 서포트했던 다른 부서, 팀원들이 눈에 보이기 시작하더라고 했다.

"회사가 그렇게 되어서 다른 일자리를 알아보아야 하는 상황에서도 이 친구들은 오히려 덤덤하더라고. 마치 나만 '동화 속 세계'에 있다가 빠져나온 것처럼 아차 싶기도 하고, 민망하기도 하더라."

그는 "나 회사에서 잘나가라는 말만큼 부질없는

말이 없다"고 했다.

"회사에서 부여하는 직책, 회사가 만들어낸 일시적인 업무가 보여주는 신기루보다는 내가 더 가치 있다고 생각하는 일에 배팅하는 쪽을 택하기 시작한 것도 그 일이 계기가 되었어. 그래야 일이 잘못되거나 망하더라도 덜 억울하지."

어쩌면 이 일꾼은 빛나는 일을 찾아가는 것보다 스스로 빛나는 방법을 찾는 게 더 빠르고 효과적이라는 걸 이때부터 알았을지도 모르겠다. 그게 비록 지금 당장은 누구의 관심을 받지 못하는 일이더라도 말이다.

*

내가 지금 하고 있는 일의 가치는 누가 보느냐에 따라 달라진다. A 회사에서는 가장 중요한 일이 B 회사에서는 골칫덩어리처럼 여겨지기도 한다. 직장 생활을 하다 보면 글로벌 트렌드, 회사의 상황, CEO의 관심사, 부장의 취향 등 주변 환경이 내 일의 점수를 매기는 주요 기준인 것 같다는 생각도 든다. 일꾼 34가 그러했듯 누군가가 제시한 가치를 좇는 것보다는 스스로를 믿고 과감히 나의 선택에 배팅하는 것이 일꾼이 취할 수 있는 조금 더 똑똑한 선택이 아닐까.

15년간 언론사에서 기자 일을 하고 있다. 잔소리가 심한 편이지만, 미워할 수만은 없는 일꾼이다. 무엇보다 후배들이 배우고 싶어 하는 업무 내공을 갖고 있다.

"액션을 보여주는 게 일꾼의 예의예요."

새내기 일꾼이 만나게 될 사수의 유형은 크게 두 가지다. 후배가 하는 일에 별다른 이야기를 덧붙이지 않는 '방목형 사수'와 감시망에 가두어놓고 쫓아다니며 간섭하는 '헬리콥터형 사수'. 취업 문턱을 넘은 이후 나는 항상 방목형 사수를 원했지만, 내가 만난 사수는 대개 헬리콥터형이었다. 그 대표적인 인물이 헬리콥터 중의 헬리콥터, 일꾼 35다.

나의 두 번째 사수였던 일꾼 35는 사내에서 가장 많은 부서를 경험한 일꾼이었다. 배울 게 많은 선배였지만, 후배들이 함께 일하고 싶어 하지 않는 일꾼으로 꼽혔다. 후배들이 그를 두려워하는 가장 큰 이유는 잔소리 때문이었다. 다른 선배였다면 속으로 참거나 모른 척 넘어갈 수 있는 일들을 그는 여과 없이 입 밖으로 뱉어냈다.

어찌 되었든 이 일꾼이 사수가 되었을 때 동료들은 이렇게 이야기했다. 이것만 견디면 너는 이제 못 할 일이 없다고. 그렇게 2년을 지내면서 그의 입을 통해 나의 허점들을 들었고, 정말 할 수 있는 일의 목록이 늘어나기는 했다. 일꾼 35를 사수로 모시며 알게 된 것 중 하나는 일꾼 간의 관계에도 '액션'이 필요하다는 거다.

"있잖아요, 일꾼 씨."

이름 뒤에 '씨'가 붙었다. 순간 벌어진 일을 복기하며 내가 한 말과 행동을 하나씩 짚어보았다. 일꾼 35의 마음에 걸린 게 분명히 있었을 텐데, 이날은 당최 감도 오지 않았다. 호출을 받고 그의 자리로 간 것뿐이었다. 심지어 걷지도 않고 뛰다시피 걸음을 옮겼다. 우물쭈물하며 서 있는데 일꾼 35의 목소리가 다시 들렸다.

"회사에서 일꾼이 일꾼을 왜 부를 거 같아요?"

틀린 답일까 봐 들릴 듯 말 듯한 목소리로 "일하려고요"라고 대답하자 그가 말했다.

"맞아요, 일하려고 불렀어요. 일꾼 씨는 알고 있으면서 왜 노트 하나 안 들고 왔어요? 제가 말하는 걸 일꾼 씨가 듣고만 있으면 제가 어떤 생각을 할 것 같아요? '다 기억하지 못할 텐데, 내 말이 듣고 넘길 만큼 중요하지 않다는 건가' 생각하지 않겠어요? 기본적으로 일 이야기를 할 때는 당신의 의견을 기억해두겠다는 액션을 보여주는 게 일꾼의 예의예요. 얼른 가서 포스트잇이라도 가지고 오세요."

*

직장 생활을 하면서 그의 말이 와닿는 순간을 자주 마주했다. 실제 노트 한 권의 액션에는 '일꾼의 말을 중요하게 생각하고 있어요' '저는 배울 자세가 되어 있습니다' '일꾼의 말을 기억해두겠습니다'와 같은 여러 메시지를 담고 있었다. 그래서 액션은 말보다 100배 더 강력했다. 회의 시간에 일꾼 이야기를 주의 깊게 듣고 있다는 표정과 고갯짓, 야근하는 일꾼에게 보내는 안쓰러운 눈빛과 커피 한 잔, 실수했을 때 (내 기준보다 과한) 미안하다는 제스처 등등 이러한 액션이 쌓여 습관이 되었을 때 직장 생활은 훨씬 편해졌다.

사실 '액션'은 모든 관계를 단단하게 만든다. 책상 위에 놓인 8등분된 사과는 엄마와의 냉전에 끝을 알리는 신호였고, 마지막이라고 굳게 마음먹은 날에 상대방이 보낸 애절한 눈빛은 연인 사이를 다시 이어준 끈이었다. 우리가 드라마를 보며 감정 이입을 할 수 있는 것도 클로즈업된 남녀 주인공들의 표정과 행동 때문은 아닐까.

일꾼들에게 액션은 더 중요하다. 같은 직장에 다닌다는 이유만으로 하루의 절반 이상을 함께해야 하는 일꾼들에게는 서로의 관계를 이어줄 더 단단한 연결 고리가 필요하기 때문이다. 마음이 맞지 않아도 우리는 일을 계속해야 하고, 서로의 일을 존중해야 한다. 미움받을 용기가 없는 일꾼이라면 더욱 그렇다. 잊지 말자. 액션은 이런 일꾼들이 보여줄 수 있는 최소한의 배려다.

중국에서 마케팅 회사를 운영하는
20대 후반의 2년 차 사장님이다.

“잘못을 바로잡는 방법은 사과밖에 없어요.”

나는 일꾼 36에게 화가 나 있었다. 이 일꾼은 두 달 가까이 내 꿀 같은 주말에 업무 연락을 해댔다. 그것도 평일 업무 시간에 전달해도 충분할 연락을 말이다. 늘어지게 자다가 업무 연락에 눈을 뜨거나 오랜만에 만난 지인과의 약속 자리에서 메시지를 주고받아야 할 때면 짜증이 머리끝까지 솟구쳤다.

20대 후반의 중국 청년인 일꾼 36은 직장인의 꿈인 ‘사장님’이다. 중국 정부의 지원을 받아 꽤 잘나가는 마케팅 회사를 2년째 운영하고 있다. 이 일꾼은 중국과 한국을 오가며, 중국에서 한국으로 진출하는 기업과 중국으로 사업을 확장하는 한국 기업의 마케팅 업무를 맡았다. 그는 참 대단한 일잘러이지만, 나에게는 휴일을 방해하는 악독 클라이언트였다.

의심할 여지 없이 정의된 갑과 을의 관계였기에 그의 주말 연락을 참고 또 참았는데, 결국 일이 터졌다. 어느 일요일 늦은 밤이었다. 이 일꾼에게서 하나도 급하지 않은 업무 메시지가 여러 건 도착해 있는 것을 확인했다. 안 그래도 내일이 월요일이라는 사실에 짜증이 나 있던 상태였다. 메시지를 보고 머리가 멍해질 정도로 화가 뻗쳤다. 클라이언트고 뭐고 이 노 매너 일꾼을 더 이상 참을 수 없었다.

"대표님, 마냥 짧게만 느껴지는 제 휴식 시간을 소중하게 생각해주셨으면 합니다. 급한 업무가 아닌 연락은 업무 시간 중에 주시면 좋겠습니다."

메시지를 보내고 얼마 후 답장이 왔다.

"무슨 말씀이신지 알겠습니다. 시간 괜찮으시면 내일 회사 앞 카페에서 잠깐 뵐 수 있을까요?"

그의 답변을 보자마자 후회가 밀려왔다. 내일 회

사 앞 카페에서 그가 나에게 전할 말은 뻔했으니까. 클라이언트를 잃게 되었다고 회사에 어떻게 전하지? 일꾼 36에게 용서를 구해볼까? 지금이라도 다시 메시지를 보내볼까? 답이 나오지 않는 질문들을 곱씹으며 그날 밤새도록 뒤척였다.

다음 날 약속 시간보다 일찍 카페로 나가 최대한 미안한 표정으로 앉아 있었다. 그런데 그가 도착한 이후 상상하지도 못한 전개가 펼쳐졌다. 일꾼 36은 중국에서 건너온 먹을거리가 담긴 커다란 쇼핑백을 내밀고는 고개를 숙였다.

"어제 일은 정말 죄송했습니다. 한국과 중국을 오가면서 일하다 보니 시간 감각이 무디어져서 실수를 했어요. 저는 한가한 시간에 업무 일정을 정리해 놓으면 편하겠다고 생각했는데, 일꾼 님은 휴일에도 일하는 기분이었을 것 같아요. 앞으로는 이런 일이 없도록 신경 쓰겠습니다."

잔뜩 움츠리고 있던 몸에 긴장이 풀리고, 그에게 쌓여 있던 짜증이 단 한 톨도 남지 않고 사라졌다. 기분 나빠할 줄 알았다며 업무 계약을 연장하지 않겠다고 할까 봐 걱정했다고 하자, 그가 말을 덧붙였다.

"제가 오늘 뵙자고 해서 괜히 걱정을 끼친 게 아닌가 싶네요. 회사를 운영하면서 알게 되었거든요. 잘못을 바로잡는 방법은 사과밖에 없다는 걸요. 껄끄러운 마음에 사과를 피하거나 에둘러 표현하면 꼭 뒤탈이 나더라고요. 같은 잘못을 반복하거나 일꾼으로부터 도움 받을 기회를 놓치게 되는 뒤탈이요. 그래서 저는 어떤 일꾼에게든 잘못을 하면 얼굴을 보고 제대로 사과해요."

그의 말을 듣고 사실 뜨끔했다. 사과를 피하거나 에둘러 표현하는 일꾼이 꼭 나를 가리키는 것 같아서다. 일꾼이 되고 난 후 나에게 사과는 점점 더 어려운 일이 되었다. 회사는 업무 능력이나 전문성을 인정받은 일꾼들이 모이는 장소인데, 내가 이곳에서 사과를 한다는 건 그 능력과 전문성이 부족하다는 걸 스스로 인정하는 것 같았다. 연차가 쌓이고 직급이 높아질수록 사과는 더 힘든 일이 되었다.

주로 "나중에 하려고 했어요"라는 말로 잘못을 피하거나 "저는 그렇게 들었는데 커뮤니케이션이 잘

안된 것 같아요"라며 잘못을 돌려 말했다. 돌이켜보면 이런 말들은 상황을 호전시키는 데 아무런 도움이 되지 않았다. 나 스스로 잘못을 제대로 인정한 적이 없으니 똑같은 잘못을 반복했고, 스크래치 난 채로 방치된 신뢰는 일꾼들과 함께 일하는 데 방해가 되었다. 스스로를 보호하려고 선택했던 말들이 상대 일꾼이 아니라 나에게 생채기를 내온 셈이다.

일꾼 36을 대단한 일잘러로 만든 건 이 심플한 태도가 아닐까 싶다. '어떤 일꾼에게든 잘못을 하면 얼굴을 보고 제대로 사과한다'는 태도. 상대방의 눈을 보며 사과하는 동안 그는 자신도 모르게 기회를 얻고 있었을 것이다. 그 일이 있고 난 뒤 마케팅이 필요하다는 기업 몇 곳을 일꾼 36에게 소개해준 것처럼 말이다.

•

핀테크 업계에서 사업 전략을 세우고 있는
3년 차 일꾼이다.

"거절의 기술은 아주 간단해요.
업무는 거절하지만
당신은 존중한다는
메시지를 담는 거예요."

내가 생각해도 스스로가 참 찌질해 보일 때가 있다. 대표적인 경우가 카톡 메시지를 미리 보고 숫자 '1'을 없애지 않을 때다. 성격이 급한 축에 끼는 나는 쌓여 있는 카톡 메시지를 바로바로 처리하는 편이다. 그런데 한동안 연락이 없었던 인물이나 몇몇 동료 일꾼들에게서 온 싸한 느낌의 메시지는 바로 확인하지 않으려 한다. 이들의 메시지를 미리 보기로 확인하면 그 싸한 느낌은 꼭 들어맞았다.

"일꾼 씨, 프로젝트 발표 자료 좀 만들어줄 수 있

어요?"

"오랜만이야. 너 아직도 언론사에서 일하지? 뭐 좀 알아봐줄 수 있어?"

주위 사람들의 부탁을 들어주기 싫은 게 아니다. (그렇다고 좋지도 않지만.) 그럼에도 불구하고 부탁의 메시지를 뒤늦게 본 것처럼 연기하며 스스로 찌질의 길을 택한 이유는 거절이 어려워서다. 거절의 멘트를 생각할 수 있는 시간을 벌기 위해 '1'을 없애지 않았다.

이런 내가 찌질한 티를 조금이라도 벗을 수 있었던 데는 일꾼 37의 도움이 컸다. 나에게 '거절의 기술'을 전수해준 그는 신기술 업계에서 사업 전략을 세우는 3년 차 일꾼이다. 같은 업계에 있다는 것 외에는 별다른 연결 고리가 없었던 그와 친분을 쌓게 된 계기는 거절 덕이었다.

"일꾼 님에 대한 이야기는 주위 사람들에게 많이 들었습니다. 그런 일꾼 님과 함께 일할 기회를 제안해주셔서 감사드립니다. 그런데 저의 적은 경험 탓에 보내주신 신뢰에 응하지 못할까 봐 걱정이 됩니다.

이 업무를 맡은 지 몇 개월 되지 않아 전문 지식이 부족합니다. 이번에는 도움을 드리기 어렵지만, 다음에 다른 업무로 함께 일할 기회가 있기를 기다리고 있겠습니다."

고민 끝에 사업 전략 일잘러인 그에게 도움을 요청했지만, 10분 만에 거절 의사가 담긴 메일이 돌아왔다. 거절을 당했는데, 기분이 나쁘지 않았다. 거절 메일을 읽으면서 접혀 있던 양쪽 어깨가 바깥을 향해 펴지고 입꼬리가 살며시 올라가는 기이한 일들이 벌어졌다. 일 좀 한다는 일꾼이 흔히 그렇듯 그는 주위 일꾼들로부터 끊이지 않고 업무 부탁을 받았는데, 딱 잘라 거절을 하면서도 상대방의 마음을 다치지 않게 하는 방법을 알고 있었다.

일꾼 37과는 업계 콘퍼런스와 포럼 등에서 만나며 인연이 이어졌다. 그리고 5개월 후 다른 업무를 함께하면서 거절의 기술을 전수받을 수 있는 기회를 잡았다.

"어쩜 그렇게 거절을 잘해요? 아니, 거절을 많이 한다는 게 아니라 상대방 기분이 상하지 않게 거절을 하신다고요."

"거절의 기술은 아주 간단해요. '업무는 거절하지만 당신은 존중한다'라는 메시지를 담는 거예요. 많은 일꾼들이 업무 부탁을 하고 거절을 당하면 업무가 아니라 본인이 거절당한 것처럼 기분 나빠하잖아요. 당신이 좋은 일꾼이라는 이야기를 많이 들었습니다, 좋은 제안을 주셔서 감사합니다, 함께 일할 수 있는 기회가 있기를 기다리겠습니다 등 업무는 거절하지만 '당신을 존중하고 있어요'라는 메시지를 주는 거죠."

직장 생활을 하면서 거절에 자유로울 수 있는 일꾼이 얼마나 있을까. 일꾼이라면 이 사정 저 사정 꺼내며 거절에 진땀을 흘리거나 어쩔 수 없이 부탁을 들어주었다가 난감한 상황에 처한 적이 한 번씩은 있기 마련이다. 나 역시 도움을 제대로 주지 못해 오히려 관계가 나빠지고, 정작 내 일은 하지 못해 곤란했던 적이 있다.

*

우리는 상대방의 기분을 상하게 하는 상황을 두려워한다. 그래서 거절이 어렵다. 일꾼 37의 말처럼 많은 일꾼들은 업무와 자신을 동일시하고, 업무 부탁을 거절당하면 본인이 무시당한 것처럼 상처받는다. 상대방을 존중하고 있다는 메시지는 이러한 일꾼들을 향한 예방접종인 셈이다. 업무 거절도 결국 사람이 하는 일이기에 존중의 마음 그 하나면 일꾼 37과 나의 관계처럼 반전의 결과를 낳기도 한다.

•

두 개의 직업을 갖고 있다.
본업은 글로벌 IT 기업의 7년 차 인사 담당자.
퇴근 후에는 영어 강사로 변신한다.

"일 좀 한다는 일꾼들은 시간 쓰는 방법을 알아요. 착실하게 말고, 영악하게요."

희한한 날이 있다. 하루 종일 숨 돌릴 틈 없이 일했는데 이상하게 제대로 해놓은 일은 하나도 없는 날 말이다. 그런 날에는 여덟 시간짜리 PC방을 이용한 듯한 허무한 기분이 든다. 문제는 이런 날이 반복되면 무기력의 구렁텅이에 빠진 것처럼 헤어 나오기 쉽지 않다는 거다. 최근 한 달 가까이 이 구렁텅이에 빠져 있다가 일꾼 38의 도움으로 구출된 경험이 있다.

7년째 글로벌 IT 기업의 인사 담당자로 근무 중인 일꾼 38은 퇴근 후 나의 영어 선생님으로 변신

한다. 매주 목요일 저녁, 나와 또 다른 일꾼에게 영어 회화 수업을 하는 부지런한 일꾼이다. 함께 수업을 듣는 일꾼이 단톡방에 15분 정도 늦겠다는 메시지를 남긴 날이었다. 붕 떠버린 시간을 메꾸기 위해 일꾼38에게 질문을 던졌다.

"일 잘하는 일꾼은 어떤 일꾼이라고 보세요?"

"모든 일꾼들에게는 하루 여덟 시간이 주어지죠. 그런데 이 시간을 쓰는 방법은 모두가 달라요. '일 좀 한다'는 일꾼들의 공통점은 시간을 효율적으로 사용하는 방법을 안다는 거예요. 대표적인 방법이 바로 일의 우선순위를 설정하는 거죠."

특별한 것을 기대하지는 않았지만 글로벌 기업 인사 담당자의 일사이트치고는 뻔했다. 고개를 끄덕이며 대화를 끝내려고 할 때 그가 한마디 덧붙였다.

"착실하게 말고, 영악하게요."

평생 한 직장을 다니던 시대는 지났다. 여기저기로 점프하며 성장하는 일꾼들은 지금의 직장에서 포트폴리오를 꾸밀 재료들을 만들어낸다. 그렇기에 일의 우선순위는 일꾼의 커리어에 도움이 될 만한 일을 앞세우는, 철저히 자기중심적인 기준을 따라야 한다고 그는 말했다. 아침에 출근해서 이메일 확인하고 답해주고, 전화받고 답해주고, 상사의 지시를 받고 답해주는 익숙한 일상은 일꾼 38이 꼽은 회사 일에 끌려다니는 이들의 흔한 풍경이었다. 어떻게 보면 착실한 이들 일꾼은 동료들과 같이 여덟 시간을 일했지만, 자기 포트폴리오에 담길 만한 일은 하지 못한 '여덟 시간짜리 PC방'을 다닌 셈이라고.

이 이야기를 듣고 난 뒤 목요일 수업마다 책상 위에 놓인 일꾼 38의 노트가 눈에 들어왔다. 먼저 처리해야 할 순서대로 할 일들이 빼곡히 적혀 있었다. 어떤 날은 1위부터 5위까지의 일을 끝마쳤고, 또 다른 날은 3위 업무까지 마무리하고 수업에 왔다. 영어 수업을 들은 지난 5개월간, 그에게 가장 중요한 1위 업무에 완료 표시가 되어 있지 않은 날은 없었다.

일 많기로 소문난 외국계 IT 기업에서 부업으로 또 다른 커리어를 쌓는 게 어떻게 가능할까? 일꾼 38을 만날 때마다 떠올랐던 질문의 답은 여기에 있었다. 영악하게!

•

IT 회사 인사팀에서 근무하는
7개월 차 일꾼이다.

"잡담 시간을
근무 시간에서 빼라고요?
이것도 일인걸요."

"됐고, 총 비용이 얼마나 든다고?"

새로 출시하는 서비스의 마케팅 전략을 발표하는 자리였다. 사용자를 모으기 위해 진행할 SNS 마케팅 기획과 섭외 가능한 인플루언서 리스트를 꼬박 한 달이 걸려 만들었다. 유일한 즐거움이었던 퇴근 후 저녁 자리도 마다하고 만든 결과물은 저 말 한마디와 함께 3초 만에 안드로메다로 사라졌다. 대체 나한테 왜 이럴까, 그럼 미리 말을 했어야지…. 수많은 생각이 머릿속을 스쳐 갔지만 아무런 액션도 취하지 못했다. 기가 막힌다고 해야 하나, 아니면 허무했다고 해야 하나. 아무튼 일꾼들이 회의실을 빠져나갈 때까지 멍하게 서 있던 기억이 있다.

10년간의 일꾼 생활에도 적응되지 않는 것 중 하나가 '회의'다. 일꾼이 의견을 펼치고, 설득하고, 조율해야 하는 이 일종의 평가 자리는 좀처럼 익숙해지지 않는다. 한 달간 준비한 결과물이 3초 만에 생을 다한 것처럼 회의는 예상 불가능한 면접 같았다. 일꾼으로 처음 참석한 회의부터 그랬다.

"그게 말이 된다고 생각해?"

입사 후 첫 회의, 팀장의 한마디에 머릿속이 새하얘졌다. 상사의 태클과 굳어 있는 팀원들의 표정을 마주한 이후부터 회의는 두려운 시간이 되었다. 말을 할 때마다 목소리가 떨릴 만큼. 서당 개도 3년이면 왈왈거리며 뭐라도 한다는데, 나는 참 변화가 없었다. 10년 동안 최소 주 1회라고 치면, 어림잡아 회의를 520번은 했을 텐데 말이다.

이런 나에게 일사이트를 던진 건 7개월 차 일꾼이었다. 인사팀으로 발령을 받은 일꾼 39에게는 신입 사원 특유의 발랄함이 있었다. 친화력도 좋았다. 탕비실에서, 회사 근처 카페에서, 흡연자들의 모임 장소에서 잡담을 나누고 있는 일꾼들 사이에는 그가 있었다.

“우리도 유연 근무제 도입하면 좋겠어요. 저번에 위에서 탕비실 간식 없애라고 한 건 좀 너무하지 않아요? 올해 그 팀은 몇 명 채용할 계획이래요?”

나른한 오후의 커피 타임, 동료들이 자리로 돌아가면 허공으로 흩어질 말들이었다. 그런데 일꾼 39는 유독 동료들의 의견을 귀담아듣고 있었다. 열정이 넘치는 신입 사원이기도 하고, 인사팀 소속이니 당연히 관심을 갖는 거라고 생각했다.

그런데 눈에 띄는 변화들이 생기기 시작했다. 일꾼 39와 이야기 나눈 주제들이 ‘인사팀 회의 안건’으로 등장했고, 동료들의 의견이 실제로 업무에 반영되었다. 동료들은 일꾼 39를 더 자주 찾았고, 그와 이야기하는 걸 즐겼다. 회사가 일꾼들의 말을 경청하고 있다고 느끼는 이들이 많아졌다. 감사 인사를 전할 겸 일꾼 39에게 점심을 사기로 했다.

일꾼 39는 고맙다는 인사에 동료들이 의견을 주어서 편해진 건 자신이라며 손사래를 쳤다.

일잘러의 지나친 겸손이라고 생각하고 있을 때, 그의 말이 이어졌다.

"실은 회의가 두려워서 미리 동료들과 이야기하며 사전 조사를 하는 거예요. 동료들이 어떤 의견을 가지고 있는지 알아놓고 회의에 들어가면 제가 말하는 의견의 근거를 단단하게 만들 수 있으니까요. 회의 전에 동료들에게 제 의견에 대한 피드백을 얻거나 설득할 수도 있어요. 그러면 회의실에서 어떤 말들이 나올지 예상 가능해지죠. 일꾼들 잡담 시간을 근무 시간에서 빼야 한다는 사람들도 있잖아요. 그런데 저에게는 이것도 일이에요."

*

일꾼들은 서로가 어떤 일을 하고 있는지 사실 잘 모른다. 그래서 회의는 동료들이 나름의 근거를 갖고 일꾼을 평가할 수 있는 자리가 된다. 일꾼들이 회의를 두려워하는 이유는 이 평가의 자리가 예상 불가능하기 때문이다.

답은 간단하다. 일꾼 39의 일사이트처럼 회의를 예상 가능하게 만들면 된다. 회의 전에 동료들의 의견을 모으고 설득하는 작업을 진행하면 그 회의는 내 손바닥 위로 올라왔다. 일꾼들의 의견이 어느 정도 조율된 상태에서 들어오니 당황스러운 상황이 연출되는 일은 찾기 어려웠다. 적어도 이전 회사에서 그랬던 것처럼 “그게 말이 된다고 생각해?”라는 식의 말문 막히는 멘트는 나오지 않았다. 회의 전이 바쁠수록 회의는 편해진다. 결국 전략이다.

콘텐츠 기획, 제휴 업무로 사회생활을 시작했다.
현재 유통사 마케팅 부서에서 일하는 5년 차 일꾼이다.

"잘 쉬는 연습을 하는 건 일이 반가워지는 순간을 만드는 방법이기도 해요."

일꾼 40과의 첫 만남은 당황스러웠다. 팀을 옮긴 뒤 첫 출근 날, 팀장은 팀 단톡방으로 나를 초대했다. 간단히 인사를 건넨 뒤였다. 일꾼 40은 "저는 내일부터 일주일간 휴가입니다. 잘 다녀올게요. 다녀와서 뵈어요"라는 메시지를 남기고 단톡방을 나갔다. 마치 다시 돌아오지 않을 사람처럼 그렇게 쿨하게 떠났다. 단톡방에 있던 다른 팀원들은 대수롭지 않은 일인 듯 계속 업무 이야기를 이어나갔다. 휴가 갈 때 철저하게 디스커넥팅 하는 게 이 팀만의 문화라고 생각했는데 나중에 겪어보니 반드시 그렇지도 않았다.

일꾼 40은 긴 휴가를 떠날 땐 꼭 이렇게 뒤도 돌아보지 않고 단톡방을 떠났다. 휴가를 떠나기 전에는 반드시 업무 공백이 없도록 준비했고, 휴가를 마치고 돌아온 뒤에는 언제 그랬냐는 듯 일했다. 휴가 간 사이 일어난 중요한 이슈들은 동료들과의 티타임을 통해 반드시 체크했다. 그렇기에 팀장도, 부장도, 팀원들도 일꾼 40의 철저한 디스커넥팅에 그 어떤 말도 하지 않았다.

일꾼 40과 여러 프로젝트를 함께하며 유독 가까워졌다. 굳이 팀 단톡방이 아니더라도 따로 톡을 하거나 주기적으로 둘만 점심을 먹기도 했다. 여름휴가 시즌을 앞둔 점심 식사 때에도 그는 스위스 여행 계획을 밝혔다. 농담 삼아 이번에도 단톡방을 그렇게 쿨하게 떠날 건지 물었다. 사실 이 팀에 처음 왔을 때 꽤 놀랐었다는 고백도 함께 털어놓았다. 일꾼 40은 그때 일은 전혀 기억이 나지 않는다며 호탕하게 웃었다. 그러더니 사뭇 단호한 표정으로 일이 잘 안되거나 정당한 휴식 시간이 주어졌을 때는 뒤도 돌아보지 말고 쉬러 가야 한다고 말했다.

"쉴 땐 확실하게 쉬는 연습도 필요해요. 우리는 일 잘하는 연습은 늘 하면서 살아왔는데 잘 쉬는 연습은 해본 적이 없는 것 같아요. 잘 쉬는 연습을 하는 건 일이 반가워지는 순간을 만드는 방법이기도 해요. 사랑하는 자식이나 연인도 매일 보면 지겨운데 일이라고 다르겠어요? 완전히 관계가 끊어지는 순간이 있어야 지치지 않고 일과의 관계를 이어나갈 수 있는 거예요."

휴가 갈 때도 노트북을 들고 떠나던 때가 있었다. 그게 일꾼의 기본자세라고 생각했다. '나는 휴가지에서도 급할 땐 일을 할 준비가 되어 있어요'라는 일종의 전투태세였다. 휴가를 떠날 땐 팀원이나 팀장에게 꼭 이런 메시지를 남겼다. "노트북 들고 가니 필요할 때는 언제든 톡 주세요. 업무 가능합니다."

당연히 휴가지에 있는 사람에게 노트북을 열라고 지시하는 사람은 없었다. 그저 나 혼자 '잘난 일꾼의 자세'를 과시하는 것뿐이었다. 그게 일잘러의 자세라고 여겼는지도 모른다. 그런데 정말 일을 잘하는 사람이라면 꼭 휴가지까지 노트북을 들고 갈 필요가 있었을까. 그저 일꾼 40처럼 업무 공백이 없도록 하는 게 더 일을 잘하는 방법이 아니었을까.

*

우리가 하는 모든 일이 '엉덩이 시간 적립'으로 성과가 난다면 얼마나 좋을까. 매우 안타깝게도 일이라는 것이 그렇지 못하다. 우리가 학생 때 늘 들었던 말과는 달리 오래 앉아 있겠다고 해서 성과가 올라가거나 승진을 절로 하게 되는 일은 없다. 늘 새로운 인사이트를 찾고, 새로운 트렌드를 익히거나, 새로운 기술을 받아들여야 한다. 인풋을 넣어야 아웃풋으로 나오는데 그 인풋이라는 게 책상 앞에 앉아만 있겠다고 해서 넣어지는 것도 아니다. 가끔은 책상 앞을 떠나 지금까지 욱여넣었던 것들을 비워야 새로운 인풋을 채울 수 있다.

이렇게 적고 보니 회사 생활이 참으로 더 치사하게 느껴진다. 그래도 어찌하나. 내가 아끼고 사랑하는 만큼 내 일도 성장할 거라고 믿는 수밖에. 그러니 일과의 관계를 더 탄탄하게 지키기 위해, 일과의 관계를 잠시 끊어보자.

괜히 일도 휴식도 제대로 하지 못한 채 어영부영 보내다 오는 휴가 따위는 집어치우고, 당장 다가오는 휴가부터라도 더 확실하게 연결 고리를 끊어보자. 다시 만나는 날, 내 일이 더 반갑게 느껴질 수 있도록.

일꾼의 말

개정판 1쇄 인쇄일 2024년 1월 5일
개정판 1쇄 발행일 2024년 2월 14일

지은이 강지연 · 이지현

발행인 윤호권, 조윤성
사업총괄 정유한

편집 일꾼 임채혁 **디자인 일꾼** 최초아 **마케팅 일꾼** 김솔희
발행처 ㈜시공사 **주소** 서울시 성동구 상원1길 22, 7-8층(우편번호 04779)
대표전화 02-3486-6877 **팩스(주문)** 02-585-1755
홈페이지 www.sigongsa.com / www.sigongjunior.com

ISBN 979-11-7125-111-7 03810